Earth travels
走读大地

04

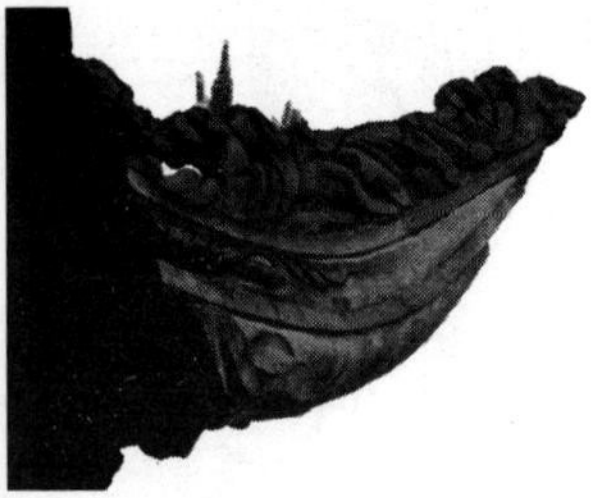

Earth travels

走读大地

风中的瓦楞草

孙喜玲 著

山西出版传媒集团
北岳文艺出版社
BEIYUE LITERATURE & ART PUBLISHING HOUSE

图书在版编目(CIP)数据

风中的瓦楞草 / 孙喜玲著. — 太原：北岳文艺出版社，2016.8（2023.6 重印）
ISBN 978-7-5378-4863-3

Ⅰ. ①风… Ⅱ. ①孙… Ⅲ. ①散文集—中国—当代
Ⅳ. ①I267

中国版本图书馆 CIP 数据核字(2016)第183166 号

书　　名：风中的瓦楞草
著　　者：孙喜玲
策　　划：续小强
责任编辑：贾江涛
装帧设计：张永文
印装监制：巩　璠

出版发行：山西出版传媒集团·北岳文艺出版社
地　　址：山西省太原市并州南路 57 号
邮　　编：030012
电　　话：0351-5628696（发行部）
　　　　　0351-5628688（总编办）
　　　　　0351-5628697（编辑室）
传　　真：0351-5628680
网　　址：http://www.bywy.com
E - mail：bywycbs@163.com
印刷装订：山西万佳印业有限公司

开　　本：787mm × 1092mm　1/16
字　　数：165 千字
印　　张：16
版　　次：2016 年 8 月 第 1 版
印　　次：2023 年 6 月山西第 2 次印刷
书　　号：ISBN 978-7-5378-4863-3
定　　价：46.00 元

目录
contets

曾有两条清澈的河水从上寺头绕村而过，一条叫长河，另一条叫大河，也叫西头河。两条河流经李寨九女湖汇入沁河，有“四十里长河五十里宽”的说法。而今，两条河皆因开矿挖煤断了水脉，早已了无踪影。

上寺头·祈雨·庙会

初春的一个周日，来到泽州县下村镇的上寺头村，得知庙会这一天村里要举行古老的祈雨仪式。“祈雨”这个词，早已尘封在记忆中，乍一听说，让我着实感到新奇。

上寺头是一个美丽的自然村，村建于明洪武年间，有一百来户人家，因位于悬泉寺之上，故而叫了“上寺头村”。正逢一年春好时，桃花初开，麦苗新绿，灿黄的连翘花于山间地头一丛一片恣意绽放，在蓝天白云下绚烂夺目，间或有漂亮的锦鸡出没在麦田间。

祈雨，曾经是一项乡村常见的民间活动。历史上靠天吃饭的农民，在遭遇大旱时，要向上天祈祷，请求降甘霖于人间，属于农耕时代的民俗文化。因地域不同、风俗不同，祈雨的仪式也不同，但有一点是相同的，那就是对龙王的信奉。因此许多乡村都有龙王庙，庙里除了龙王外，有风伯、雨师、雷公、电母等。没有龙王庙的穷村，也会用自己的方式表达对龙王的敬畏和崇拜。在吕梁山黄河边的农村，祈雨的方式是让未满十二周岁的小孩子们，手提瓦罐在水井里汲了水，到山圪梁上洗一座石狮子，一边洗，一边念叨：“大龙王下大雨，小龙王下小雨，夹沟夹梁下饱雨……” 那是我童年时参与过的祈雨活动。

在和老人们的随意闲聊中，了解了一点上寺头村的村史。上寺头村民全部是赵氏家族，全村没有一家外姓。这个家族的远祖是谁，从何处迁来，已不得而知。当年的村不叫村，叫社，村长叫社首。这或许是“公社”“社会”称谓的基础语义也未可知。

乡绅曾是近代中国社会中一个不可忽视的重要阶层。乡绅具有广泛的民众基础，是乡村民众的代表。乡绅在官方与民间曾是承上启下的桥梁，起着造福乡里、教化民众的作用。他们不仅是儒家文化血脉的传承者、推广者和执行者，更是在当地民众中具有号召力的代表人物。社首就产生在乡绅阶层。被选举出的社首通常也是村民和宗族中最具威望、办事公正的人。类似祈雨这样大规模的祭祀仪式，都由各村的社首牵头组织，按部就班，令行禁止，分毫不差。根据上寺头老人们的回忆，推算下来，1944 年是该村历史上最后一次祈雨。那次祈雨由中村发起，参与者有上寺头等四十八村，可见声势浩大、人数众多。在上寺头村见到一份毛笔抄写的民国时期的旧资料，记录了当年这一带祈雨的详情。资料的封皮上写着："中村大社•民国八年五月十五日•昌瑞堂段记"，一笔漂亮的行楷散发着陈年旧事的气息。

祈雨的第一个步骤是发起村用鸡毛信事先通知各村，鸡毛信的内容大致为：

> 晋沁一方，凡遇大旱，惟向云首社神龠祈祷雨泽，从无不应，今旱魃为虐，庶物颓枯，敝村谨按旧规，已择于某年某月奉擎龙神，肃斋会仪，前往神龠，求祈拜祷，按期行程，循途进步，凡所过各村贵处，理宜先为通启，谨此。上呈各村，社首公所诸君爷台，览毕转送前村，勿误是望！中村某某某拜具。

鸡毛信转手叫"转单"，转单时要焚香。香烟上转三圈后插在架上。鸡毛信一经发出，要求信不落地，一村读过之后立即送往下一村，头一天送信，第二天午后祈雨仪式开始。

此外要张贴告示，题为“云首祈雨本街告白大报”，云：

> 旱魃为虐，庶物颓枯，旱既太甚，百谷枯槁，人心有诚，庶问天意。今谨择于某月某日午后，鸣金斋集，东河行香，次日黎明，一律恭往云首，祈祷雨泽，凡我村中在会人等，各宜虔诚整肃，勿得参差不齐，如有渎事玩忽，定行按例重罚，绝不徇私，谨将条例开列与后……

祈雨有祈雨的条规，要开列具体村名和村与村之间的距离，每村每家去人一名，哪个村贴人力多少，哪个村子出多少铳、多少牌，哪个村子出鸣枪几杆，哪个村子打五色步兵旗锣……

沁水县云首村龙王庙遗址

诸如此类都有明确详尽的要求。此外到哪个村放铳几声，到哪个村点名一次，到哪个地方落架，都有明文规定。不守时不服从调遣的人受什么处罚，罚钱多少，各村准备什么吃喝，诸如豇豆米汤，羹汤捞饭，柿圪连米汤等，都标注得一清二楚。

祈雨时抬的龙王雕像，必须是用龙王庙边上的柳树雕刻，祈雨的人要用柳枝编成柳帽戴在头上。祈雨队伍抬着龙王雕像从中村出发，一路锣鼓喧天，彩旗飘飞。有抬龙王的、抬大鼓的、抬小鼓的、担神物枪药的，浩浩荡荡，绕山过岭，向沁水的云首河出发。沿途路过下寺头、上寺头、塔里、庵头、玉溪、蒲池、固县等村，抵达沁水境内的云首村就到了目的地。

流经云首村的河流叫云首河。

云首河终年水量充沛，河中有一个深潭，就是资料中提到

云首河中的白龙潭

的神潭，也叫白龙潭。白龙潭上方曾有一座龙王庙，也称云首庙。祈雨队伍将龙王雕像请进云首庙内，摆放祭品，起香供奉，然后开始祭拜祈祷，宣读祷文。祷文称《祭龙王文》，曰：

> 民国某年，岁次某月，朔越祈祷，合社人等，谨以香烛油席之仪，敢昭告于龙王尊神位前，曰：上天亢旱，下民之忧，罔可空告，惟神是求，伏愿油然作云，施宏恩于庶物；沛然下雨，降甘霖于田畴。清茶明粢，是祝是酬，神其不远，来格悠悠！尚飨！

祷祝罢，将一块石头扔进潭中，此举也叫“打奫”，之后在庙内用毕羹汤捞饭，放铳起驾，由另一条路返回，经由西湾、窑坡、姚庄、南河底、小南山、贾寨、车山、王坡、湾村、上村回到中村。沿途有龙王庙的村庄，皆要将龙王塑像抬入庙内起香供奉。整个祈雨仪式费时三天。参与祈雨的村庄，早早等在路边迎接祈雨队伍，各村均要在村口设案摆放香烛谢帖。祈祷雨泽时，不许喧哗，沿门插柳，禁止屠宰。每户人家散发黄表一张，每字号散发黄表一张，黄表要摆放在桌子上。资料记载，祈雨之后，即日便有大雨沛然而下，十分灵验。如有冰雹一同降至或者祈雨不灵，会被认为是人心不够虔诚所致，如：

> 早晨打奫毕，回至云首庙上，用罢饭起驾时生云，至西湾村落架，下小雨一指，黑夜住南河底落架后用饭毕，雷雨大作，下至四指。初一日行至王坡发云响雷，至湾村

下雨二指。冰雹打贾寨有半尺许，上寺头半尺深，……后闻言贾寨人心不诚，做饭不足，大米全无，只有芋头（?）半。上帝有眼，用冰雹打之，上寺头放铳换生手，使火药不实，冰雹打之……

有乾隆年间的《祭龙王文序》，出自中村乡间秀才手笔，骈体格式：

……圣德好生，普天降平康之赐，神龙赐福，率土沾雨露之休……

洋洋洒洒，文采飞扬，可见当年晋城乡绅的文化水准。

关于祈雨的讲究多多：举办祈雨仪式的邻村，如想借用上寺头的龙王雕像，不可以公然请走，按照规矩必须去“偷”：晚上悄悄进村将龙王雕像抬走，出村时放鞭一挂，以示知会。祈雨毕再悄悄送回，焚香供奉后离去。何故如此，已是知其然不知其所以然了。

上寺头的龙王庙坐落在二松岭，二松岭因有两棵古松树而得名。二松岭也叫卧龙山，和一条青龙的传说有关，后因本村有秀才赴京赶考未中，自觉无颜面对父老乡亲，回乡后在卧龙山上吊自杀了，于是卧龙山又叫了秀才山。那两棵古松解放后还在，于 20 世纪 60 年代被当作“四旧”砍掉了。龙王庙里原有一口天然的水井，深不见底，涝不溢，旱不枯。传说曾经有人想弄明白这口井到底有多深，就用一条长绳吊了一把斧头垂

悬泉寺残存的柱础

下去探查，结果绳子放完了还没有到底。拉起斧头来，却见斧刃上有血，说是不小心伤了龙鳞……这些传说和故事只有上年岁的人能讲出一点，而那口井只剩下一个遗址，遗址上新建了一口没有水的水泥井。

庙会，顾名思义，就是在寺庙附近举行的集会、祭神、娱乐和贸易活动，是民间的集市贸易形式之一。庙会是至今还活着的民俗，被一些学者称为“中国人自己的狂欢节”。

上寺头不久前修复了龙王庙，正在修复远近闻名的悬泉寺。

悬泉寺遗存的造像

据县志记载，悬泉寺建于唐代，庙内有五代十国时期后汉乾祐元年的经幢石刻，有北宋崇宁年间造像石碑以及元代至正四年重修该寺的碑文，石碑

悬泉寺残存的柱础

虽已残破，却证明了该寺的悠久历史。老人们回忆说，这座寺院兴盛的时候，有僧人一百零八名，庙产土地约有数百亩。上寺头有个地方叫碾圪垯，是因有过一米半高的巨大碾米石槽而得名，碾圪垯一带曾都是寺院的庙产。

当年的悬泉寺除了满足周边民众的宗教信仰、祈福禳灾、庙会集市，同时也承担着客栈的功能。在龙王庙的旁边至今可见一条用青石板铺设的古道，这条古道正是当年供南来北往的行人到此驻足歇息的车马大道。老人们说，从上寺头到太原，走快点需要七天，走慢点需要八天，优悠自在一点需要九天，因此留下一句“七紧八慢九消停”的老话。寺院附近曾有一座古佛池，池水由山里渗出的泉水汇集而成，水源如今还在。这股泉水烧开后不含水垢，经化验为达标的矿泉水。

上寺头的村民，祖祖辈辈赖以为生的手段不仅仅局限于种地，赵买红的爷爷就曾经是一位多才多艺的老人，会油漆、接骨、兽医等。此外，锁匠和圪炉锅匠人也不在少数。

这样一个美丽的村子，前几年差一点也成了空壳村。撤乡并镇并校后，女人们跟着孩子去上学了，男人们跟着女人出去打工了，许多村庄因此都成了空壳，颓废破败，人迹罕见。不见了炊烟袅袅、鸡鸣狗吠，不见了村童嬉戏、河水旖旎，到处是撂荒的土地。前阵子腾讯网曾围绕这个全国普遍的现象发起过一个讨论的话题，叫“谁的家园在沦陷”，参与者们字里行间对家园的失落充满惋惜和伤痛，读来令人扼腕，但在上寺头看到的却是另外一番光景。

村支书赵买红没有多少文化，不善言谈，笑容中带着一种与生俱来的宽厚善良和木讷质朴，做人却很有些远见卓识。他说：“我修起小学，请来老师，我就留住了孩子。留住了孩子，就留住了孩子的娘。办起了企业，有钱可挣，就留住了村里的男人。留住了男人就留住了一个家庭。留住所有的家庭，我就留住了这个村子，不然上寺头也早成空壳村了。”

为多了解一点关于祈雨的细节，赵买红派他的小儿子带着我们沿着当年祈雨的道路走了一遍。

穿过漫山遍野的迎春花，沿着高低起伏蜿蜒曲折的山道，驱车来到云首村。在汩汩流淌的云首河边果真就看到了文字里记载的白龙潭，捡起一块石子投进潭中，沉闷的“咕咚”声说明了潭水的确深不可测。《云首白龙潭创修龙王庙碑记》一文说：

> ……沁东偏北，有聚落曰云首。云首溪水，自西北来，去村二里余，飞瀑直泻，激而成潭。潭方以长，而深则莫能测焉。父老相传，谓为龙潭。旧无庙，吾村亦无祀，岁遇旱魃，邻郡中村之民辄来祷，投石于潭，雨即随应……

碑记一文为其时云首村一名叫邢如人的秀才执笔。

白龙潭龙王庙创修于大清乾隆元年（1736），于乾隆四十九年（1784）九月初五日重修，之后的命运不甚了了，最终毁于20世纪60年代，而如今只剩下一堆废墟。

我们沿山道而上，来到龙王庙遗址，尚有残垣断壁矗立在萋萋榛莽中。褐红色的石块垒砌而成的残墙，孤零零地伫立在正午的天光下，勾勒出苍凉萧索的剪影。遗址上长满了荒草，四周是散落的破砖碎瓦，捡起一块，放在手中摩挲着，仿佛触摸到了当年的明月清风。这里的一草一石，见证过政权的更迭和社会的变迁，经历过云首河奔放的热情和瘦细的凄寂，也镌刻着农业文明由盛而衰的历史轨迹。那一刻，我似乎读懂了什么叫沧海桑田，心底泛起一丝“无可奈何花落去”的悲凉……

远处，有几位农人赶着牲口在耕种，下有三支溪流在此处交汇，一条平坦的公路沿河伸向远方……

上寺头定于2010年四月初二的祈雨活动，距1944年最后一次祈雨，时隔了六十七年之久。有了半个多世纪的间断，已经不大可能完全按照原来的程序一丝不苟地进行了，但想来大体上应该不离其宗，其目的旨在恢复一种行将消失的民俗文化，而非雨水本身。

希望古老的祈雨民俗会从此传承下去，成为丰富农村文化的一个手段，成为村民生活中的怀旧味道，成为上寺头儿童心中丰富多彩的美好记忆。这个仪式会告诉后人，我们的先辈曾经这样生活……

北寨和南寨的中间夹着一道沟，沟壑里流淌着一条河，叫白洋泉河。白洋泉河边有一个自然村叫白洋泉河村。白洋泉河曾经宽阔而清澈，流经南寨北寨和白洋泉河村，最后汇入到丹河。当地人传说，白洋泉河最早由一百条小溪聚成，白洋泉河是否应该叫百洋泉河也未可知。白洋泉河如今已经瘦细得不足一米，旧日的河床种上了庄稼。

北寨村·白洋泉河

北寨隶属于泽州县柳树口镇，从远处望去俨然一座城堡，花墙老屋，一棵千年古槐屹立在村口，在冬天通透的阳光下显得沧桑伟岸，萧索枯寂。

走进村子，在一座老宅子下面，沿墙根排开坐着一溜村民端着大碗在吃中饭，场面很有些壮观。这样的吃饭阵仗多少年不见了，乍一看到，仿佛旧日重现。老乡们热情地和我打着招呼，问我吃过没有，要不要再吃点。一位前不久见过一面的中年妇女站起身来招呼说：“我回去给你们做饭去。”

老乡们碗里的饭不很一样，有的是面条，有的是大米，还有一种叫不上来的饭，成分复杂，里面有小米、大米、白菜、红薯、粉条，上面撒着芝麻盐。我看着稀罕，想尝尝味道。老乡回去用一只半大碗给盛了一碗来。我端着碗，学着村民的样子坐在了石头上，加入到乡亲们吃饭的队伍中。这饭很好吃，清淡的农家风味。老乡说是把白菜、萝卜、红薯粉条用油盐炒了，再放进大米小米一起焖，焖熟了加点芝麻盐就可以了。

这是一个漂亮得近乎华丽的村庄，几座明清时期的大宅子，重门叠掩，让这个村子充溢了古色古香的味道。整体的建筑风格透着奢华、稳健、厚重的魅力。墙上镶嵌着拴牲口的石扣，被凿成一个牛鼻子的形状，顽皮可爱。院落之间层层套叠，精美的砖雕和大门上纷披的木雕花饰，记载着旧时岁月的润泽与丰美。

用来拴牲口的石扣

村民大部分姓董，也有姓周的，却对于这个村子的历史都不甚了解。据说有一户人家存有家谱，可惜人住到城里去了。村民说前不久有河南人来到这个村子认祖，分析祖上大概是从河南上来的。

古门楼上面是一座破败的古庙。究竟是什么庙，造于何时，村民们也说不清楚了。古门楼旁边是一座老宅院，外门上有一排砖雕的文字，面目被刻意凿掉，模糊不清了。

眼前这座两进院落，像是清末的建筑，门户高大，属于旧时的大户人家。从老乡嘴里听到北寨最有钱的门第叫“安泰龙”。“安泰龙”是不是这几个字，是姓氏宗族的庙号还是商号，也没人能说清了。早先的老主人是谁，干什么的，也概莫能知。现如今的主人姓董，叫董红生，四五十岁年纪，说这座院子是“土改”时分来的，院子里不只他一家，共住有三四户。村里以前有两户地主，也有富农。说到当年这些事，一个说：“以前的地主算个甚，还不如现在的普通家户。”另一个说：“到底不一样，地主富农家到现在还是有钱人，我们村地主家的后人，都在煤窑上，一样还是有钱人。”

董红生家大门的门楣左右两侧用泥巴糊着，估计是“破四旧”时期的杰作。根据我的要求，他登上梯子把泥巴起掉，露出了里面的庐山面目。看得出这些残存的砖雕是《三国》里的戏剧人物，有手持丈八蛇矛的张飞，有手握偃月大刀的关公，还有常山赵子龙。图案生动、细腻、线条流畅，只是有的少了马腿，有的少了手臂。还有一处砖雕是富贵牡丹。董红生一面取土一面用笤帚扫干净了，并一再问，这些东西有什么价值，值多少钱，值钱的话我就卖了。听得我很是着急，除了劝他不要毁掉不知该说什么好。

这座院落的结构依旧，门楣上“耕读传家”四个字苍劲凝重，依稀可辨。雕花门窗有一部分还在，但也有一部分被换成了毫无审美趣味的方格木框，外面还上了铁栅栏。户主说不懂这有什么好，当年三十块钱一扇给卖了几扇。

拍照中间，那位曾经见过一面的中年妇女走来叫吃饭，原以为只是一句客气话，谁知她竟真的做上了，南瓜卤子手擀面。我虽然不饿，但盛情难却只好跟着去了。这位村妇五十多岁年纪，儿女都不在家，有在煤矿上班的，有给人打工的，她和男人种着十几亩地和一些树，吃不了的粮食卖了钱，日子过得还算富足。

二进院落的老宅子，门上的“耕读传家”依稀可辨

一只瘦弱的小花猫卧在火炉台上看着我们喵喵地叫着。

说着话，面条就煮好了。农村的饭菜自有一种天然的清香和真味。我一边吃一边问她：“孩子们会不会种庄稼？农忙的时候回来帮忙吗？”妇女说：“现在我们都还能干，用不着他们。”我又问：“那以后你们的儿子们还会回来种地吗？”妇女说：“不会了，他们都不会种庄稼，在外面都有工作了，再说也都不会回来了。”我问：“那你这房子还有你的土地将来怎么办？”妇女说：“谁知道啊，以后的事情以后再说吧。”

吃过饭，说了一番诚恳的感谢话，和村妇告了别，来到本村年纪最大的一位老人家里。这位老人今年八十八岁，基本上卧床不起了。老人就生有一个女儿，女儿如今也五十多岁了，身材敦实，满脸厚道相，正在端着碗喂老人吃饭。炕边上一炉煤火烧得很旺，家里却不甚暖和。老人姓董，对往事也说不出什么来，只记得听老一辈说，他祖上是从河南的黑山底来的，至于黑山底在河南哪里就不知道了。女儿十岁上就没了娘，女婿是倒踏门的招女婿，一直和老人生活在一起。老人的女儿说她的儿女们都在外面打工，平时不回来，有一个小孙子，挣的钱不够自己花。城里房子贵，买不起，他们迟早还得回来。

对面的一座老宅子，是老人的祖产，现如今也住着好几户人家，都是本家兄弟。老宅大门上的木雕在“文革”中被铲掉了，两面有桃形的铁片支棱着，生着厚厚的锈迹。问了许多人，谁也说不清这个桃形铁片是做什么用的。走进去，连着门楼有一个木质照壁，照壁中间的花纹依稀可辨。照壁上有两扇门，平时关着，家里有老人去世往出抬棺材的时候才打开。老式的

重门叠檐

四合院，上下两层，砖木结构。墙基是大块的石雕，刀法细腻圆润，残留着旧日的富丽堂皇。原来的雕花门窗也大部分被换掉了，看着像是一件手绣旗袍缝上了中山装的口袋。

走出老人的院子，临街一长溜老房子，屋脊上的兽头已然风化，房檐下不断头的万字花边装饰极为少见，精美典雅。高墙大院里面的门窗却一色地换了妆容。沿着高大的老宅子走到头，看到了那棵在远处就吸引了我的老槐树。老槐树气势凛然，仿佛一位白发飘飘的垂髯老者，拄着拐杖默默地站在村口，孤独地守候着旧时月色。大树下有一个砖头搭就的简陋神龛，里面放着一只香炉，香炉里有满满的香灰。看来村民们把这棵古树当成神来供奉了。据说千年老树确实是有神性的。而庙，从来就没有真正从国人的心中拆除掉，民族文化的血脉用这种形式继续流淌着。北寨村的这棵老槐树太老了，老得不知道有多少岁。根部长出了巨大的树瘤，疙里疙瘩，形成一件天然的艺术作品。树下横躺着三面石碑，代替凳子供人们平时坐歇。石碑正面的字迹已经模糊不清，隐约辨认出为“大清乾隆岁次丙子年乙亥月刻”，后面有捐款人的姓名。这些人都姓董，严格来说都是这个村村民的先人祖宗，而如今的村民却把祖宗们坐在了屁股下面。另一面石碑则是“王代宗亲之位”。还有一面石碑已经破损，上面有些数字和名字，但已经看不清具体内容。前人不朽的愿望就这样被历史作弄得速朽了，宗亲之位也给子孙们当作了凳子。一位上了年纪的村民说，那个门洞不知道是干什么的，早就想拆了，那么宽宽，走个车都进不来，不方便。我告诉他说，那就是石碑上说的山门，清朝乾隆年间的建筑，拆除了就太可惜了。

镶嵌在房子转角处的砖雕

走过大槐树，来到寨子的女墙边上。这座女墙在远处看很有气势，很美，很个性。一位四十多岁的村民站在那里。我问询了几句，与他随意攀谈起来。村民姓周，肤色黧黑，他指着远处的河滩说：“那就是白洋泉河的河床，白洋泉河是一条长流河，原来很宽，就是河滩那么宽，一膝盖深，水流得哗哗的。现在除了下暴雨发洪水才有那么宽，平常就那么一尺多点了。小时候我们上学去，几个小孩儿要手拉手，把裤腿挽得高高的才敢过。”他听老人们说白洋泉河是由一百条从地下涌出的溪水汇成，十几年前水还挺大，现在一年比一年小了。我问，河里还有水吗？他说，有啊，那不是吗？我顺着他手指的方向看过去，除了河滩，根本看不见河水。周姓村民说：“我们村子的人不成器，原来有六寸生铁管子可以把水引到山上灌溉，后来都给砸烂卖了废铁了，抽水机也卖了破烂了，没人管。引水灌溉的工程以前弄了一半，石头池子已经砌起来了，上面一句话又拉倒了。”

照壁上的窗格

老乡告诉我说白洋泉河的下游叫西河，流经哪些地方，他也不清楚。

沿女墙走过去，又是一幢旧宅子，外观高大气派，宽厚的旧砖头，垒砌得严丝合缝，怎么说也有了上百年的历史，只是大门紧锁，里面的状况看不到。寨墙边门外一棵不知名的树已然枯死，枝干弯曲着指向远处。老乡说房子的主人不回来了，走了，到城里住去了……

正午的冬日，不很冷，大气透爽，阳光有些温柔。

从北寨下来，见两位村妇在一条细细的河边洗衣服，河水两岸堆放着烂菜叶子和各种颜色的垃圾，这条河就是白洋泉河。河水清澈纯净，从一条塑料管子里汩汩流出。

沿着河边的小路向下游走去，不远处又有一位老妇人带着胶皮手套在洗衣服。我问：“家里没有洗衣机吗？”老妇人答说：“有，一般不用，洗完了回去用洗衣机甩甩。”我问：“水不冷吗?”老人说：“不冷，温乎着呢。”

我把手伸进去试了试，果然没有那种想象中的刺骨。

白洋泉河村挨着路边有一座人民公社时期的医院，已经废弃了，外墙上写着一个大大的 “忠”字。进去白洋泉河村看了一眼，见一座现代化的楼架子正在耸起。对面有一座戏台，也是那个年代的产物，已颓败不堪。街边两个小杂货铺，是以前供销社的模式，卖些鸡零狗碎的日用品，其余平常光景，一无可看。拍了几张片子，迎着午后的斜阳，奔南寨而去。

南寨原是一座城堡式的寨子，这个村子曾经有过一座精美绝伦的古庙，建构宏大，享誉四方，毁于 1950 年代。附近有一座山，当地人叫“石人圪脑山”，山上有莲花洞，洞中有浮雕群，似众罗汉听如来讲经，也被悉数破坏。洞中原有泉水渗出，汇聚成潭，现已干涸。

南寨村·莲花洞

南寨村民大多姓樊，也有冯姓和董姓。

南寨北寨遥相呼应，建筑风格上有近似之处，远看像一座城堡。一个古意盎然的门洞是这个村子的点睛之笔，因此推测这个村子一定有过寨墙。在战乱频仍的年代，门洞平日走车马，乱世防匪防盗。大门一关，外人休想涉足。现如今废弃不用，成了村民倾倒垃圾的地方。

进到村里，最先看到的是一座古戏台。戏台上木雕石础的原始风貌犹在，图案线条流畅圆润，手法上乘，一派富贵气象，有着极高的欣赏价值和文物价值。此处原有一座古庙，古戏台只是古庙的一小部分，也是唯一留存的部分。这座古庙建于何时没人知道，但大都知道毁于何时。

一条新开的水泥路在旧庙遗址上横穿而过。戏台对面一棵死掉的古树旁有一面新立的石碑，上面写着："招贤馆诸神在位"，落款："全体村民敬立"，左右有对联曰："改古道建新村福荫子孙，耗资财劳心力功属当代"，读起来不像对联，倒像两句戏词。村里上了岁数的老人们说："这里原来有一座很大的庙，是模仿北京故宫里的庙修建的。那庙修得可好了，东边是关帝庙，西面是龙王庙，正面是招贤馆。"老人记得"庙里有一个木头雕的莲花盆，直径大概五六米，上面的莲花、叶片可好看了。庙里的油漆绘画、石雕砖雕木雕、花花朵朵，做工那叫个细致。还有两棵老桧柏，五个人搂不住，都给锯了。桧柏的木质好，红颜色的，能用的用了，不能用的扔了。最好看的是各式各样的狮子，大的小的，五花八门。一座八角亭修得可好了，解放后破除迷信，五几年给拆了，神像也都捣毁了，庙里的房子后来都让茧站用了。茧站，就是收茧子的地方。做丝绸的蚕茧知道吧？再后来，茧站也没了，倒塌了。原来还留有一个人看门，现在什么都没有了。……拆庙的时候，砖多下了，拉了一车又一车，有修了食堂的，有修了医院的。‘文化大革命’的时候红卫兵把庙里的石狮子脑袋全敲了，还剩有几个，偷的偷，砸的砸，如今一个也没有了……”老人指着眼前的一座房子，说：“你瞧，这都是古庙里的东西。”我顺着老人手指的方向，看到屋顶上一溜漂亮的砖雕屋脊依然完好，旁边，一个废弃的石碾盘四围有三条雕花石柱，横躺在那里给砌在了墙塄上，石柱上的雕刻刀工精湛，图案鲜活生动，有鹿回头，有仙鹤呈祥等图案。这些石雕是那座古庙艺术水准仅

老戏台上的柱础

石柱上的精美雕刻

被当作凳子的石雕

存的见证，如今也被村民当石凳子坐了。村中有一座“大跃进”时期的食堂，食堂一边堆放着喂牲口的草料，一边是一盘石碾，这盘石碾现在还在使用着，磨得光滑油亮。食堂建筑上的和平鸽和南瓜砖雕，体现了解放初期的审美观，其时风貌依稀还在。这座食堂让我想起了吃大锅饭的童年，想起了父亲营养不良浑身浮肿的岁月，想起了小米花煮白菜帮的幼儿园，想起了赤贫与饥饿……

老乡告诉我说，南寨对面的山叫“石人圪脑山”，简称“石脑山”，山上有一个莲花洞，里面原来有许多石人头，后来都被敲了。问我要不要去看看，去的话找个人给我们带带路。说着话就看见一位老妇人出现在一家大门口，

莲花洞浮雕

老妇人脖子里遮着一条褐色的方围巾，一直箍到下巴，眼睛大大的，颧骨见棱见角。村民说：“人家两个想去莲花洞看看，想找个年轻人带着去一趟。”老妇人说：“这会儿村里哪里还有年轻人，老人也没几个了，都不在。”

两周后，趁着放假休息，我让丈夫又陪我去了一趟南寨，丈夫请了一位六十多岁的老乡带着我们向石脑山进发。沿着没有路的路，我们在荆棘丛中弯腰蹲身攀爬着一路向上。灌木荆条打得脸颊生疼，“披荆斩棘”的意思就是这样的吧。一番千辛万苦后，终于找到了莲花洞。莲花洞的洞口，形状煞像一只巨人的大脚。老乡说：“莲花洞原先有水，水可大了，清凌凌的，现在都干了。”

洞顶和石缝留着当年渗水的痕迹，曾经的一汪碧潭，如今没了踪影，只有黑黢黢的洞底深深，只有水珠滴出来的斑斑花纹。莲花洞长不过百米，站在进口能看到另一头的天光。洞口有无数的浮雕罗汉，大部分被毁，让我感慨当年“革命”的伟大力量真是势不可当，无坚不摧，连这么人迹罕至的蛮荒之处都没有放过。而今发展经济，文物成了值钱的东西，于是又生偷盗，进一步干净彻底了。老乡指着洞口坑坑洼洼的石壁说：“这地方原来都有石人头，不知道甚时候让人们连根敲了。”

地上躺着一个没了形状的莲花基座，还有一方残存的石碑碎片，石碑上积满了鸽子粪，上面的字迹非常清晰，但已看不出完整的意思了。

拍了几张照片后悻悻然返下山去，老乡给我砍了一根荆条做拐杖。我拄着拐杖在荆棘丛中穿行，想起了古人管拐杖叫

“策老”，西方人说拐杖是老年人的第三条腿。以前这些词汇对我只是一种概念，没想到很快就用上了。真是连“策老”都策不住的老，在陡峭的山坡上我还是摔倒了，仰面朝天躺在山坡上。我觉得这个姿态很放松，干脆躺在地上不动了，就劲儿休息了一会儿。老乡站在那里耐心地等着我们，指着周围的山说：“这是鸡冠山，那是碧峰顶，碧峰顶上有我们村新修的奶奶庙，正月十五周围村的村民都要上去烧香。我们村的庙要是不拆的话，真有个看头，和石脑山的莲花洞串起来，搞搞旅游不是也很挣钱?”

毁掉经典奢华的艺术建筑，再垒起一些不伦不类的非驴非马的仿古或者水泥疙瘩，还有那些不忍细看粗制滥造丑陋不堪的神像，这也是历史进步的一个标志吧。“旧”毫无疑问是彻底的“破”掉了，“立”起来的“新”呢？

从老乡的口中得知，这一带没有任何资源，每年冬天，政府给每人免费分发三千斤煤，差不多够一冬天取暖用，但是平时煮饭还得烧柴火，单凭烧煤是烧不起的。

远远看见有人在山上砍着灌木。老乡说：“那家一定是要办事。我们村一般娶媳妇嫁闺女或者打发老人，才要到山上来砍柴，煮大锅饭用的。”

从山上下来，丈夫说，领你去吃肯德基吧。我说不敢去，怕人家当我要饭的给撵出来。丈夫说，可不是，看你那身土，手里还拿着一根打狗棍，不是要饭的又是什么。

古语说，江河不择细流，故能就其深。可若是汇集江河的细流都枯竭了呢？里河村原先有瀑布飞挂，一条清澈的河水由山下渗出的泉水汇聚而成，而今已然消失。

里河·十八院

2010年，有晋城民盟的两位朋友邀我去里河村一走。

正值色彩纷呈的深秋季节。绕玛琅山横岭盘旋而下，一路上只见远山云雾叆叇，层峦叠嶂，漫山红叶色彩绚烂，艳若春花，怡心养目，感觉好极了。

过了中下村，沿着一条废弃的河道一直向前，在路的尽头有一个小小的村子，这个村子就是里河村。

据村人说，村头原有一座古庙，这座古庙的前身曾经被焚毁。焚毁后的某一天，在古庙的遗址上，一条大蟒蛇和一群小蛇搭起一个小庙的形状，村民以为是神谕，就在遗址上建起了一座新庙，河水遂名蛇窝河。新中国成立后破除迷信改为里河，里河的“里”字最早写作“裡”，后人们为了简便，又改为“里”，指这条河流从山里流出的意思。

里河村在老树森森下，依山安卧，错落有致，干净清爽。走进村子，一眼就看见了两座清末时期的老院落，古朴华美，凝结着岁月的沧桑。院落不大，小小的四合院，上下两层，结构严丝合缝，缜密紧凑，走进去，就完全隔绝了外面的世界，这是传统建筑和现代化建筑明显的不同之处。老式民居有一种稳气藏风的隐秘和厚重。院子地面用大青石铺设，沉沉的外墙上当年镶嵌的拴马石扣还在，只是没有人居住了，据说院落的主人只有在每年清明节才会回来。

这个村子的村民全姓郝，原本是一个大家族，不知从何时何处迁居而来，在这座山下一住就是几百年甚至更长久。

看过了老院子，我们一行跟着老村长沿河道向里河东走去。河道如今成了一条路，留着些许湿气，踩在上面感觉很松软。

河道里长满了荒草，荒草间有隐隐的两道车辙。两岸旁有些柿子树和山楂树，柿子树有的叶子落尽了，有的被秋风染成了金黄，树上挂满了果实，色彩鲜艳，圆润可爱。熟透的山楂呈现出紫红色，于枝枝杈杈间累累垂垂，密密匝匝。

里河村山山岭岭秋色缤纷，红叶遍布，间杂在松树和其他灌木丛中，红黄粉绿，层次分明，令人眼花缭乱。退下来的老村长介绍说，里河村曾经有过的那条河，河水深至膝盖，长年川流不息，清澈、纯净，可以直接饮用，遗憾的是这条河彻底干涸了。2009 年时还有一股泉眼，咕嘟咕嘟的，像是锅里的开水一样，从地下往上冒，今年不知什么原因也没有了。

路过那只干了的泉眼，村长指给我们看，只见一堆卵石，白花花的仿佛是泉水的尸骨。同行的钱老师是中下村人，知道这里的水好喝，富含矿物质，来的时候特地拿了一只大个儿的塑料壶，本想灌一壶水带回去泡茶喝，此时站在那里看着泉眼遗址，满怀失落。提起当年的里河，钱老师感慨不已，说："这条河一直流经中下村，不太深，但很宽。小的时候，经常在河里摸螃蟹，抓鱼。河里有很大老鳖，锅盖似的，看见了，上去一脚踢翻穿起来带回家去，开水煮了，把肉弄下来扔掉，剩下的壳用来挖面，鳖盖放在米面缸里能防止粮食生虫。有时候玩累了，抓上两只，双脚踩在鳖背上，那老鳖就慢慢地带着人往前走。我们这里的人以前不懂得鱼和老鳖能吃，抓了鱼回去都是喂猪的。"

我惊问道："猪还吃鱼？"

钱老师说："当然吃，猪很爱吃鱼，吃了鱼长得很胖……"

我是第一次听到还有用鱼喂猪的，很是新奇。

老村长弯下腰比着膝盖说：“从前河水有这么深，过河时裤腿要挽得老高才行。”

这一带当年曾有过的青山秀水、田园牧歌风情，如今只有地下一股细流，被水泥圈了起来，供全村人饮用。真担心用不了多久，连这股泉水也会干涸。不止这里，这些年来，我们干涸了多少河流，又污染了多少河流？古人比喻事物亘古不变爱用“青山不改，绿水长流”这个词汇，《红楼梦》里形容无边闲愁的诗句有“恰便似遮不断的青山隐隐，流不断的绿水悠悠”。他们决然想象不到，如今已经发展到青山崩塌绿水断流的时代了。

天阴沉沉的，山里黄昏降临得早，光线倏忽间就暗淡了下来。

村长指着一座尖尖的小山，告诉我们这座山上建有庙，遮挡在灌木丛中，站在山下肉眼是看不见的。用相机上的长焦镜头拉过来，隐隐地可以看到一点轮廓，爬上去时间显然是不够了，只好放弃。

沿山路而上，来到一处悬崖下，有天然洞穴一溜排开，洞穴垒砌着砖墙，一副颓壁残垣的景象。老村长说这是里河村一处人文景观，因有十八处，所以称为“十八院”。据专家考证，十八院为一千六百年前人类生活过的遗址，“十八院”所在地叫“老张湾”，猜想可能是在这里居住过的人家姓张，所以有此称呼。前人不知何处去，只留了这个地名被沿用至今。

“十八院”掩映在萋萋荒草中，山崖下到处是羊屎蛋和飞禽的粪便，遗址上留着些土炕和灶台的痕迹，令人生出种种遐想。

绕过“十八院”，走到山背后，风景和前大不相同，中间一条沟壑，对面于红叶披离的山腰间有山洞赫然，状如缸口。据老村长说，这个山洞当年有山泉流出，在山下形成一条河，名为石缸河，石缸河流出去汇入里河，终年旱涝不枯。老村长指着山洞旁边说：“那个地方原来有两挂瀑布，当年水流得哗哗的。”而今，这里只剩下了瀑布冲刷出的痕迹。

返回村子时，老村长带我们走了另一条路，邀我们去五松岭看“五棵松”。五松岭是里河村一道有来由的风景。远远地看到了五棵松树突兀地生长在悬崖边，站成齐齐的一排，散发着

十八院遗址

有着传奇色彩的五棵松

岁月悠悠的气息。一边走一边听老村长讲解关于五棵松的传说，这个传说有着鲜明的神话色彩，讲的是历史上当地村民反抗元人野蛮统治、勇杀鞑子的故事。

走累了，就坐到路边的石头上休息，老村长为我们唱起了泽州的干板秧歌。干板秧歌是泽州县的民俗文化，只有大锣大镲的打击乐，没有伴奏，全剧在板子敲击的节奏中一唱到底，没有道白，更没有什么调性，似唱似说，唱词也不讲究，几乎就是口头语。干板秧歌是当地村民们自发组织的一种娱乐形式，这种娱乐形式在泽州一带源远流长，大多说的是些家长里短的故事，近些年已濒临失传，不久前被列入了山西省非物质文化遗产名录受到保护。老村长其实不老，性格活跃，嗓子也不错，唱了几段后，说自己身体不行了，几年前因为摘柿子从树上掉下来，摔坏了脑袋，肩膀胳膊也都受了伤，干不了重活了，因此不再担任村长一职，故而称呼他为“老村长”。

进到村子里，随意走进一户村民家，院子里晾晒着玉米、柿饼、山楂片，干净清爽。户主是位七十五岁的老妇，满面皱纹，却很精神，看得出年轻时一定漂亮。老妇姓张，我就叫她张大姐。张大姐把我们一行迎进了屋子，屋子的结构是在泽州乡间常见的上下两层，下面住人，楼上堆放粮食和杂物。一只漂亮的大花猫躲在楼梯上，瞪着眼睛打量着我们。

城里的暖气不到规定的时间不会轻易供给，此时的单元楼里是一年当中最阴冷最难过的时节，而里河村的农家已经烧起了煤火。煤火就在土炕边，土炕上的被褥整齐地叠放着，窗明几净，炉子里火苗红红的，火边上坐着一把高瘦的铁茶壶，壶嘴里冒着丝丝热气，满屋子洋溢着暖融融的惬意和久违的温馨。张大姐为我们每个人倒了一碗白开水，那水喝着的确很甜。

张大姐的儿女们都在外面闯世界，家里就剩了她一个人过日子。我诧异这么大年纪的老人，一个人竟然能把日子过得如此有序精致，老村长说，这个村子里村民大都长寿，而长寿是城里人千金难买的真正意义上的奢侈，毫无疑问这和里河的自然环境有着绝对的关系。他们饮着山泉水，吃着没有污染的绿色食品，呼吸着天然氧吧的空气，不长寿就没有道理了。

说了一会儿话，我们起身要走。张大姐说：“给你拿些红果吃吧。”我推却再三不好意思要。张大姐说：“我诚心给你，你就拿上吧。”说着拉起我的手，领我走进隔壁储存杂物的房子，把一大盆红果呼啦啦地倒进了一只塑料袋，说：“拿着，慢慢吃吧，好吃。”我只好拿上了，心中感慨山里的人那份久违了的厚道和朴实，这样的古道热肠在都市里是绝对见不到了。

回家的路上，同行的张老师看着地里的玉米秸秆说：“很想坐在玉米秸秆上抽一袋小烟。”钱老师接过话头道：“最好是趿拉上两只鞋，抽完小烟，脱下鞋来磕磕里面的土……”

没等说完就飞起一片笑声……那样的日子何其优游自在。

暮色下的里河，包裹在隐隐的青山下，有一种仙风道骨的飘逸。里河虽然没有了河，却依然很美，那种超然物外的美风韵天成，令人销魂。

河东与河西是泽州县柳树口镇的两个村落，河东为行政村。河东、河西村为自然村，因位于丹河之东、之西而得名。河东村与文化有关的仅剩一座小小的古庙，还有解放后修建的一座戏台。戏台檐下装饰的五角星注明了它的建筑年代。古庙曾作为村小学校使用多年，现如今已然空空荡荡一无所有了。

河东·河西·白云寺

河东　河东村静悄悄的，一位五十多岁的农民正在打麦场上放羊，打麦场上高高的豆秸，是羊们冬天的饲料。羊群约有四五十只，长腿高架，个头很大。农民说这种羊叫寒羊，繁殖率高，产肉率也高。寒羊一年可以怀两胎，春天一胎，冬天一胎，每胎能有两三只小羊，只是肉不太好吃。羊到冬天只能吃一些豆秸和干草，但奶小羊的母羊会受到特殊照顾，除了豆秸，主人另外会给喂些玉米。牧羊人说，除了打麦场上的这一群大羊，家里还有三十多只小羊羔，一年下来能有一万多块的收入。只凭粮食卖不成个钱，不够花。

村中最豪华的建筑，是一位本村的村民在外搞房地产发了财以后回来修建的豪宅。现代化的建筑材料，灰青色的伞状房顶，琉璃碧瓦，很是气派。院子面积约有半亩地，据说这座大院没有人居住，用来养了藏獒。

河西　河西比河东人口多一些，大约有两百多人，其中一多半都在外面打工。乡亲们告诉我说村里许多人都在市里有了住房，不会回来了。剩下的人口不足一百，都是些上了年岁的老人。一位四十多岁的老乡对我说："我们这个村子算是大村子了，人口不多了但还有些人，许多小村子一个人都没有了。"

老河西村圈在一个古旧的寨墙里。上行下效是历来的习惯，古时国家有城墙，村有寨墙，家户有院墙，如同朝廷有君臣，家庭有父子同出一辙。河西村的旧建筑还剩有几座，深宅大院、小巷连绵。大部分人家大门紧锁着，在冬日凛冽的寒风里尤显得冷清萧索。

一座不知建于何年的白云寺外观宏伟，两三位农民拿着民政局新发的“河西村”牌子正在往白云寺的外墙上张挂。据说这是最新的统一规定，每个村子都要挂。

在我的要求下，老乡取了钥匙来为我打开了白云寺的大门。寺院门额上“白云寺”几个大字依稀可辨，寺内却空空如也。然而，仅有的一点遗存已让我惊叹不已，举起相机拍了又拍。

瑞兽麒麟造型的石雕柱础

白云寺　白云寺的基本结构还在，塑像是一尊都没有也不可能有了。白云寺曾作为村里的学校使用了多年，透过幸存下的一点文明碎片，我努力地窥探着这座寺院的历史背影。

白云寺正殿的柱础不是常见的方形或者石鼓状，而是各种形态的瑞兽麒麟。麒麟雕刻得非常生动，形态各异，然而麒麟的脑袋全部都给敲掉了。石柱上有石刻的对联，字体为行楷，

被砸掉脑袋的人物浮雕

正殿柱础

洒脱遒劲。也有各种人物花卉、戏剧故事和历史典故。有“见金不拾”图，有“文章司命”图，有“算粮”图（《算粮》好像是一出戏曲名），有“携琴访友”图，有“依树挥扇”图——主仆二人，仆人手里抱着一面琴，主人手扶拐杖，悠然自得，旁边写着两行字：“松风流水天然调，抱得琴来不用弹。”那份闲雅的逸致和情怀让我看得又发起呆来。

携琴访友图

白云寺石柱上的图文告诉我，在中国山西泽州一个偏僻的农村，曾经有过儒雅蕴藉的文化诉求，曾经有过儒释道浸染过的东方礼仪，曾经是长幼有别尊卑有

序，曾经有过文质彬彬的举人秀才，有过锦衣绣服的乡绅财主，也有过绳床瓦灶、竹榻柴扉的清幽茅舍，那些老有养幼有教孝悌忠信的岁月不也其乐融融吗……传统文化没落到了怎样一种状态才要使用“抢救”这个词汇呢？

石柱上雕刻的花草图案，繁复纷披，雅丽清新、精密细致，且没有一款内容是现代人的生活模式可与之媲美的。不知道如今还有多少乡民能听懂“松风流水”的天韵，又有多少文人还拥有“携琴访友”的情怀。

正殿后面柱础上四面雕有号称“花中四君子”的兰、竹、梅、菊，有“禾蟹”（和谐）图，有游鱼（有余）图，有龙凤呈祥图，等等不一。有的柱子风化严重，上面的图案被岁月风雨

柱础上的石雕：兰、禾蟹

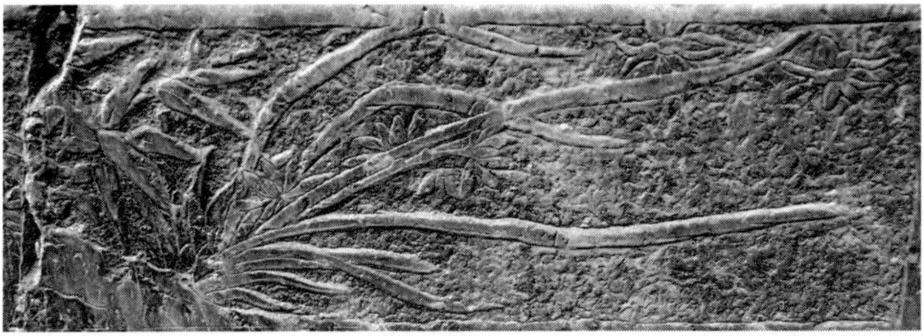

剥蚀得模糊不清了。

一位农民说：“真佩服以前的人，你说那时候又没有公路，没有汽车，光这石料运一运要费多大的事，不要说还要一点点雕刻了。现在倒是进步了，什么都有，可是谁还有这份耐心和手艺啊。”当年的恶行不待后人唾骂，今人已经开始盘责了。

白云寺正殿对着的是一座古戏台，戏台上的柱础保存基本完好，但雕工和图案显然不能和正殿的石础比，线条简洁了许多，也简陋了许多。

先人们做生意发了财或者官场致仕，讲究“叶落归根”“归隐林下”，都会回到生养自己的故乡修建豪宅大院，成为引领当地政治经济文化的核心人物。农村以宗族姓氏为自然状态的社会组织形成了各自的地方特色，培育出了农村丰厚的文化土壤，因此从农村走出来的栋梁之才比比皆是。那些让人叹为观止的大宅、园林、寺院，宗庙、祠堂，从来都是民族文化不可分割的一部分。这些建筑，以其丰富的精神内涵和华丽的庄重典雅，彪炳着历史演进的春秋，承载着传统文化的脉络，延续着民族的人文精神。可悲的是，数千年孕育的中华文明之长河，绵延不绝地流淌到现代却遭受了前所未有的腰斩和戕害，如同眼前这座构建精美的白云寺，无可奈何地要面对彻底衰败和没落的命运。

随着农民源源不断地向大城市涌入，要不了多久，河西以及类似河西的村庄会很快沦为一座座的空壳村，而散落民间的古庙、古民居建筑以及这座白云寺，终将风流云散不知所终。

西村是隶属于晋城市泽州县柳树口镇的一个自然村，嵌在丹河边的山崖畔，精致、紧凑、小巧，有着与周边自然环境协调一致的美丽。西村最靓的建筑要数那座古朴的门楼子，看上去是翻修过的，铁锈红的颜色很新鲜。

西村·残庙·古碑

从门楼下的拱形门走进村里，有热心的老乡先带领我们看了村里的古庙，庙里值得一看的东西已经荡然无存。和其他村落的古庙是一样的命运，除了 20 世纪五六十年代的破坏，剩下的碎片也在近些年陆续被盗，包括庙廊下的雕花柱础也无一幸免。偷盗者是很有经验的惯盗，把雕花柱础盗走后，为了避免庙宇倒塌，在原先的位置上用砖头垫了起来。据村民们说，这些柱础后来找了回来，堆放在了庙里，没过几天又被偷了，连四根柱子一起偷走了。据说盗贼是高平人，被逮着后，手上戴着铐子来庙里指认。贼是抓住了，但东西却不知道转卖到哪里去了。庙宇正殿墙壁上的彩画只剩下了一点隐隐约约的痕迹。老戏台下面的墙壁上砌有清乾隆、嘉庆、同治年间重修庙宇的功德碑，字迹尚可辨认。

西村和中国所有的农村一样有过自己的繁荣和衰败，经历了“土改”、互助组、初高级农业合作社、人民公社、卫星上天、大炼钢铁、三年困难时期、土地承包制，如今全村青壮年同样都外出打工去了，只剩下稀稀拉拉的几户老弱病残。这里同样面临房倾屋颓、土地荒芜、人口锐减……

从古庙出来，东转西转，来到一家建筑高大的住宅前，一位身材高大的老妇人，叫胡润平，满头银发，身板硬朗，手上带着一只沉甸甸的银镯子。老人八十六岁了，看上去也就六十来岁的样子。

胡润平老人指着这座宅子说，这座院子原先都是我家的。我们在老人的带领下走进了大院，老人介绍说：“这座院子原来可好了，这厢是牛，那厢是马，有格灵（松鼠）吃葡萄，有富贵牡丹，花花朵朵可好了，‘文化大革命’都给红卫兵砸坏了。”

江山没有恒主人，富贵人家的房屋土地一样没有恒主人。这座房屋土改的时候被分给了他人早已易主，胡润平老人在回忆当年盛况的语气中多少带有些不舍和怀旧。

这座大院是泽州县境内常见的四合院，谈不上豪奢，却也自有一派富贵气象。建筑的古老，证明了西村富户曾经拥有过的华丽岁月。而精美的木雕石雕，每一个细节都是旧主人当年儒雅的记载。

老房子大门的大梁上有毛笔写着：

> 中华民国十四年岁乙丑，户主樊德率男敏创修门楼一间，择吉于七月十八日吉时上梁，木工李明书、李魁明、李文堂，玉工王友殿（?）、李天赐、骆金义，自修之后，保合宅人口平安，田蚕茂盛，五谷丰登，永为记耳。

院子里大门两边有石刻的一副对联：千江有水千江月，万里无云万里天。

据现在的房东介绍，从前的房东祖上曾经当过河东道台，如今古旧的房屋只剩下了框架结构，原先的花窗大部分都换成了毫不讲究的方格木窗，见证了农村由繁入简的历史演变，记录了中国农民的生活是如何由精细雅致的讲究蜕变为粗鄙简陋。

胡润平老人的娘家在芦坪村，老人说芦坪村如今已经房倒屋塌，只剩下三户人家了。老人的孩子都在外工作，八十六岁

残存的雕梁画栋

了一个人生活。这么大年纪的人，家里照样收拾得干干净净。

刚下过雨，屋子里的地上有些潮湿。我问胡润平老人腿疼不，老人说不疼，去地里间苗蹲一天腿都不疼，除了有些耳聋，浑身上下没毛病。逢年过节，国家给些米面油，孩子们不时也有接济，一个人的日子，足够了。老人很知足，很乐观。

西村樊氏的富户，庙号叫“至诚堂”。关于“至诚堂”的前世今生，村人已经说不大清楚了，只知道在“土改”的时候“至诚堂”的土地房屋都分给了贫下中农，他们住进了穷人的土坯房。族人有被镇压的，有挨斗坐牢的。直到改革开放，“志诚堂”后人的命运才有了转机。

坪上村属于沁水县端氏镇，距离端氏二三里路程，我之所以对这个村子兴趣浓厚，是因为这里是明万历年间能臣刘东星的故乡，此外坪上和明代大思想家李贽也有点关系，再有就是得知此处还有一座“张家大院”。

花沟 隔着沁河，远远看见一座古旧的村落，掩映在老树杂陈中，那就是坪上的一部分，叫花沟村。

花沟从外形看上去像是一个寨子，土坯筑就的寨墙轮廓尚在。村民说，花沟曾经是刘东星养花的地方，因此叫了花沟。花沟村老房子前有一座低矮的门洞，门楣上有砖雕，写着“长兴庄”三个字，压在了各种管道和线路的后面。老乡告诉我说，“长”不念 chang，念 zhang，花沟当年属于刘家大儿子的地界，所以念 zhang。花沟村名来历的准确缘由，因年代久远，后人已然语焉不详了，只有破旧的老房子，满目沧桑地伫立在西风里，用奢华的残败，展示着富丽的荒凉。暖气管道和黄色的煤层气管道，横平竖直地穿插在老房子的外围，显得和古旧的建筑格格不入。

门前石墩上的雕刻

沁水、阳城一带在明清时名臣能相迭出，曾是风流蕴藉的文绣膏粱之地。距离坪上村三十里外有明代吏部尚书王国光故居上庄。紧挨上庄的砥洎城，是清代著名数学家张敦仁的故居。不出二三里，是明代万历年间兵部尚书张五典的故乡窦庄。距此不远的阳城县屯城村，是南明礼部尚书、大诗人、思想家张慎言的故乡。阳城下黄村是明万历年间工部尚书白所知的故乡……山野乡居，虽不敢称烟柳繁华地，却也当得起钟鸣鼎食家、温柔富贵乡。几百年前的坪上村，曾经椿荣楦茂、芝秀兰芳，曾经雕梁画栋、户盈绮罗……当年的刘氏家族，想来其荣华富贵应该比得上曹雪芹祖上的江宁织造。

花沟的老房子，建筑风格和其他地方见到的不大相同，也许和刘东星虽系北人却在南方任职有关，在建筑上会自觉不自觉地把南方的建筑风格糅合进来，影响了周围一带有钱人家修楼盖屋的审美取向也未可知。那些古旧的老房子，北方传统建筑的凝重里兼容了南方秀丽。在百年老树的掩映下，“巍巍然，堂高数仞，榱题数尺”。如今年久失修，在风霜雨雪中沦为了颓井残垣，院落里长满了荒草杂树，砂石门墩上的石刻图案已然模糊不清，在冬日的阴天下尤显得荒寒萧索，充满鬼狐之气。几百年的漫长岁月，这些老房子不知更换了多少主人，旧日王谢堂前燕，早已飞入寻常百姓家，而今就连寻常百姓也不屑居住了。

老村里还住有一两户人家。一位老乡在门外点火，满院子弥漫着袅袅青烟。老乡告诉我，村民都修起了新房子，搬到外面去了。

我问：“人们为什么不把这些老房子修一修，那么漂亮，荒废了多可惜。”老乡说：“农民的事情不好办，一个院子里住的都不是一家人，那是‘土改’时候分下的，东一家西一家，滴水连着房檐，你想修他不想修，弄得谁也修不成。再说看着好看，其实不能住了，太旧了。人们现在都修了新房，趁不住再去费那劲了。”

大宅门上的匾额

一家大门上悬挂着“居敬行恕”的匾额，依旧完好，落款为“甲辰孟秋淇园张竹书题”。字体凝重内敛，充满了历史的厚重感。但不知道是哪个朝代的“甲辰孟秋”，落款边上有两枚红色钤印，内容不详。

在花沟逗留了一会儿，沿着河边的一条小路，来到了寨上。

寨上　寨上是坪上村的一部分。据村里的老人介绍说，寨上早先是坪上村的一个军事防御设施，凡遇兵荒马乱，刘氏家族都会躲进这个寨子里，前后大门一关，任谁都难进来。一位出生于 1955 年的村民，至今记得从前的寨上有四围寨墙高筑，要进村子必须通过箭楼的门洞才能进去。如今残留的除了一座箭楼外，还有一部分寨墙的墙基。寨子里的老房子大都破败不堪，而新房子低矮简陋，毫无意趣。许多人家的大门上喷着一个同样笔体的“福”字。正赶上有人家给孩子过生日，许多亲戚提溜着大包小裹前来祝贺，这是活在乡间所剩不多的一点老传统了，热闹的场面让连日来见多了荒凉衰败的我生出了一点感动和感慨。

在一座老院子里，碰到一位老太太，看着我表情淡淡的，有一种老于世故的冷漠。老太太看起来身体硬朗，正在外面的小厨房里收拾着什么，问知已有九十岁高龄。这位生活在乡村的老人，不一定不懂什么养生之道，却那样健康长寿。获得老人家的同意，走进了她的屋里。老房子外观高大，里面却低矮窄小，聚气温馨。房子里面的格局一如乡间常见的上下二层，楼上堆放杂物，下面住人。屋子里还有两位老妇人，其中一位也有八十多岁，另一位六十出头。二位老人正在剥花生，看见我们乐呵呵地招呼说："进来吧，坐下吧。"问她们："剥那么多花生做什么？"老妇人说："拿到镇上卖钱，你们吃点吧。"

老妇人口中的镇上指的是端氏。端氏是沁水县一个没有了丝毫历史感的历史名镇，如今繁华杂乱，哄哄吵吵，热闹的程度堪比一个县城。

屋子里很暖和，以为生有煤火，走近火炉边一看，炉中确实有火，却不是煤火，而是煤层气火。炉子里冒着蓝色火焰，炉腔里放置的却不是煤炭，而是钢球。火焰从钢球中升起，看上去和煤火并无二致。老妇人给我展示了一下，说："下面有开关，火大小能调节，好用。我们这里家家都安装了暖气，我嫌麻烦，没有装。"

煤层气使用方便，且干净、随意。这是城里人都享受不到的福利。沁水不仅地上风光秀丽，地下煤炭资源也十分丰富，坪上村附近有一座"坪上

老房子一角

煤矿”，应该是本村农民的福祉。

走进另一座老院子，已近午饭时分，一位老妇人正在院子里的小厨房做饭，告诉我们她八十三岁了，有三儿三女，娶的娶，嫁的嫁，都走了。这么大一座院子，楼上楼下好多间，就剩她一个人住着，邻居也搬了。我问她为什么不和儿女们一起生活，老妇说：“我老了，和年轻人吃不到一起，能凑合动哩，还是一个人居便。别看老房子破，比新房好住。到了夏天热得厉害了都还要回来，新房子新是新，可是墙皮薄，没有老房子凉快。”老人看上去慈眉善目，一顶毛线帽子盖着苍苍白发，脸色白皙，精干利落，年轻时的风韵依稀残留在眉眼间。

老房子上繁复的雕花门窗，虽然陈旧，却不失风流雅致。院子里栽种着梨树和石榴，杂乱的枝桠，横陈着灰调的枯寂，到处扩建的小屋子和小厨房破坏了原有的格局，但大框架依旧完好。门窗和花沟村的老房子一样，都是拱券形，边缘的一圈用材看上去很像大理石，实际上只是一种浅色的砖。整座院落风格协调，高低错落，美在古旧，美在历史，美在独特，美在浑然一体。

我对老妇人说：“老大姐，你家是真富贵啊，这房子是有钱人才能住起的吧。”

老妇人笑着说：“以前是有钱人住的，现在穷人才住这烂房子呢。”

告别了老妇，从寨上走了出来，碰见一位年轻的村民，手里拎着一盒牛奶，问他：“听说你们这里有个‘张家大院’，在哪里？”年轻人被我问得一脸茫然，说：“这里是刘家，祖上是刘东星，哪里有什么张家大院？没听说过啊。”

寨门口一位开着三轮车的中年人说：“以前来嘛还有东西可看，路边还有些石人石马，现在啥都没有了，剩下一点儿东西都让人给偷了，没甚看头。对面山上原来还有‘击掌金鸡叫’，人站在山上拍一巴掌，能听到像公鸡叫一样的回声，现在也没有了，都被开发弄没了。”

抬眼望去，对面的山峦起伏，满坡的松柏树在冬日里郁郁葱葱。老乡告诉我：“那山叫榼山，山上原来有一座寺院，还有国民党办的一座军校，后来都拆了，现在只剩下了房根。这座学校最年轻的学生如今有九十多岁了。”问到刘东星的墓，回答说：“哪里还有什么墓，早就平了，墓也不知道甚会儿被盗过了。刘东星原来的墓，两排石人石马，拱门牌坊，石雕木雕砖雕，气派大了，后来都毁了。还剩的几个石人石马前几年也被偷了。现在就一块新立的石碑，甚也没有了。”

箭楼斜对过是刘家的祠堂，祠堂斜对过有一座新建的戏台。祠堂是原来的旧建筑，却被涂上了花里胡哨的新颜色。据说有刘氏后人中一位退休教员整理了族谱，在祠堂里重新安放了历代宗亲的牌位。

一位行色匆匆的中年妇女为我们指了指方向，说张家大院在坪上，从铁路下穿过去就是。

从寨上走出来，看到一座残破的牌坊杂在周围的红砖房间，牌坊下立着两块石雕，经历了岁月的洗磨已然残损了，但依旧保留着雍容华贵的气度。牌坊右首隐约的字样有：“万历壬寅季冬立”。左尾落款为：“孙王尔相书”。牌坊中间的正文已经看不清了，上面用白石灰刷了几个歪歪扭扭的字迹，似乎是“备战”什么的内容，正在琢磨，走过来一位老者，介绍说：“这是刘东星当年为他老师修的墓，刘东星的老师叫王之洲。”说这个村子虽然都姓刘，但都是刘东星的旁系，刘东星的直系已经没有后人了。

刘东星的老师王之洲墓地牌坊下的石雕

坪上 从一条铁路下的隧洞穿过去，来到了坪上村，遇到一位热心肠的村民自愿引路，一路上始终陪着，第一站带我们找到了“张家大院”。也才知道，刘东星的故居早在明末就被农民起义军王嘉胤一把火烧光了。烧掉刘东星故居这件事，在老乡们的口中，一致说是李自成的军队干的，查阅有关资料，才知这个说法有误。

王嘉胤系明陕西省府谷县黄甫乡宽坪村人。崇祯元年（1628）因荒乏食，会同吴延贵等组织当地大批灾民揭竿而起，响应者遍及陕西，并蔓延到晋、宁、甘三省，很快发展到两三万人，所过之处，烧杀抢掠无恶不作。

崇祯四年(1631)遭受曹文诏重兵围攻，王嘉胤率众转战到山西阳城一带，被奸细所杀。阳城、沁水一带其时富甲一方，所以贼害较重，因而与此相关的防御工程也很多，沁河流域古城堡群的出现或许和这段历史背景有极大关系。

刘东星死后，大明步入了风雨飘摇的末期，之后随着新王朝的崛起，刘东星家族的辉煌也渐渐衰落。根据张家大院门牌背后的题字，得知张家在大清咸丰年间曾出过一位进士。坪上现存的古建筑群，极有可能为清朝咸丰年间所建。

来到张家大院，见一位年轻女子正用洗衣机洗衣服，问她是否为张家后人，回答“是呢”。问知不知道祖上的事情，女子摇摇头说不知道。

坪上村的张家大院大门

张家大院门楼上的木雕

引路的老乡告诉我说，贾景德家的祖坟就在榼山上，“破四旧”的时候贾家的祖坟被挖了，尸骨也扔了。他用手比画着说：“棺材板有这么厚，锯开给学校的学生做了课桌板凳。”

贾景德和刘东星都是本地人引以为荣的两位历史名人。贾景德，清光绪五年（1879）出生于簪缨世家，光绪年间进士，民国年曾为阎锡山秘书。史载：

奕世簪缨，幼承家学，博览经籍。辛丑和约之后，英人向中国官方建议，在山西设立大学堂，贾氏入学肄业，故通中西之学。光绪二十九年（1903）中式举人，翌年成进士。服官山东，历任郯城、招远等县知县，行新政，声名远播，关外疆吏，交章奏调。

又载：

宣统元年（1909），任黑龙江巡抚署民政吏治幕僚长，究览东北形势。入民国后，历任山西雁门道尹、都督府秘书监政务厅长、警务处长、同蒲铁路建筑指挥部襄办。三十年中，除官山东之一短期外，以在山西军署任秘书长为最久，誉满三晋。抗战军兴，辅佐阎锡山，於忻口临汾诸战役，动员民众，策反肃奸，以及经济作战，莫不谋虑周详，使敌进无所掠，退无所据，贡献特多也。民国三十年，任铨叙部长、考试院副院长、行政院副院长，创集体办公与简化公文，成效大著。三十八年，任行政院秘书长，力任艰危，备极辛劳。三十九年，任全国公务员高等考试典试委员长，为国抡才。同年，任考试院院长，创职位分类、严人事管理。四十四年，转任总统府资政。

史评贾氏一生为政公、忠、勤、慎，治学精、深、平、实。所著诗文，典丽矞皇，著有《韬园诗集》，为一代诗宗。

老乡告诉我，隔壁院子也是张家大院的一部分，房东姓豹，是早年从河南请来给贾家看坟的。因为姓豹，所以选了他家。“为什么？豹子厉害啊，豹子才能看住坟啊。”可豹姓终究也没能挡住贾家祖先被抛尸荒野的命运。

老乡介绍说坪上村原来大着呢，总共有七十二院，院院相连。老乡还记得小时候就在铁路占用的地方，常常能看到房根和柱石。张家的祖坟修侯月铁路时给挖了。说：“坟墓里都是一个个小窑洞，里面放着一具一具的棺材。没有后人的，骨殖乱扔了；有后人的把坟移到到了榼山上。一堆白骨分不清谁是谁了，就那么胡乱埋了。”一边和老乡说着话，一边就听到火车巨大的轰鸣声从村边穿越而过。贾家大院另一座院落的门楣匾额上刻有密密麻麻的小字，这些小字也许是张家大院由来的一个说明，但已被抠得面目全非，上面覆盖的“为人民服务”几个红字，也模糊不清了。张家大院的前世今生或许成为了一个不解之谜。

打问不出什么清晰的头绪，在老乡的指点下，找到了张家的后人。

张家后人住在一个小院子里，房子低矮，外面是砖房的款式，里面却是窑洞。掀开门帘，见窑洞后面挨近火炉的小饭桌旁坐着一位七十左右的老人，道了声“打扰”，说明了来意，老人请我们走了进去。老人说话不很利索，结结巴巴。他说自己有病，得了脑血栓，什么都记不清了。提起张家，说是清朝什么年祖上有人中了进士，大兴土木，修了这些院子。他是张家第四代人，张家的辈分是按照十六个字排的，他只能记得八个字了：“书宗先世，善启厚仁”。他是“世”字辈的。他有两个哥哥，都去世了。张家祖上有三兄弟，长门、二门、三门，老人是三门的后人。二门清朝出过官，叫什么名字记不清了。每个院子的名称老人还能断断续续说上几个来，只是地方话加脑梗病人的后遗症，基本听不懂。说刘东星当年立的牌楼原来都在，都是石头的，后来“破四旧”拆了。说着话，老人的老伴儿走了进来。老伴儿精神矍铄，六十七岁了，精干利落，说话声音爽朗清脆，一脸喜相，看上去身体很硬朗。

说起这个村子当年的风貌，老伴儿说她嫁到这个村子已经五十年了，“刚来的时候，这个村子漂亮啦，光牌楼就有五座。

'破四旧'的时候都拆了，打烂了。房顶上面，角角上头，石狮石马，好看得跟甚似的，现在都没了。”

老人的墙上挂着一张全家福，老人的老伴儿指着照片上的人给我介绍说这是儿子，那是媳妇，这是大姑娘，那是二姑娘、三姑娘、四姑娘，后面这边是大姑娘的孩，那边是二姑娘的孩……张家后人枝繁叶茂，令人欣慰。问到家谱，老人说家谱原来有，“破四旧”都烧了。

和老人告别了，去到姓豹家的院子里，一条大黑狗吠叫着冲了出来。丈夫连忙在一捆细木棍里抽出一根来，举起来吓唬黑狗，大狗停止了发飙，缓缓走到我跟前，闻了闻，友好地摇起了尾巴。院子里静悄悄，一排上下二层的老房子，两层中间每一个空隙处都有美丽的木雕。廊檐下的石础上刻着梅兰竹菊，图案线条清晰，看上去年代没有那么久远。这院子本是张家大院的一个组成部分，和其他村庄一样，土改时切割成了多处分给了贫下中农，已经看不到完整的原样。

坪上村富贵的痕迹，除了张家大院的老房子，还有村口残存的牌楼遗址，遗址上只剩下一块石雕遗痕，中间裸露着榫卯的凹槽，图案花纹已完全看不清了……

就是这么一个看似平常的村落，不仅出过刘东星这样著名的清官能臣和书香门第的张家，还曾留下过明代著名的思想家、文学家李贽的身影和足迹。

明万历二十四年（1596），李贽受丁忧在家的吏部右侍郎刘东星的邀请，来到坪上做客，在这里完成了《明灯道古录》。

《李贽文集》中收有李贽当年在坪上留下的诗歌《九日坪

上三首》《除夕夜道场即事三首》，辑录部分如下，以作佐证。

九日坪上三首

其一

如鸟飞飞到处栖，今年九月在山西。
太行正是登高处，无菊也应有酒携。

其二

坪上无花有酒钱，谩将沽酒醉逃禅。
若言不识酒中趣，可试登高一问天！

其三

身在他乡不望乡，闲云处处总凄凉！
古人若问凉边事，日射坪田索酒尝。

除夕夜道场即事三首

其一

众僧齐唱阿弥陀，人在天涯岁又过。
但道明朝七十一，谁知七十已蹉跎。

其二

坪上相逢意气多，至人为我饭楼那。
烧灯赤炭红如日，旅夕何愁不易过。

其三

白发催人无奈何，可怜除夕不除魔！
春风十日冰开后，依旧长流沁水波。

李贽是万历年间名满天下的大学者，却因性格狷介、观点叛逆而为世所不容，社会对他多有毁谤，刘东星却非常欣赏他的渊博学问和超绝才华，在楚为官时就与李贽建立了非同寻常的友谊。李贽在诗中说到除夕夜的坪上，有“众僧齐唱阿弥陀”，印证了当年的山上有座寺院的说法。那时的坪上村民不过数十家，却有佛唱隐隐，书声琅琅。岑寂，绝不同于破败荒凉。四处漂泊的李贽在这里住下来，和刘东星父子三人夜夜论谈，有问有答，兴味盎然，乐此不疲。刘东星的两个儿子刘用相、刘用健记录了当时夜谈的部分内容，和李贽共同完成了《明灯道古录》一书，成为一时美谈。

李贽《道古录引》一文中说：

> 晋川（刘东星）昔辖楚藩，始会予，与余善。至是读礼山中，予往吊焉。晋川喜予至，故留予。谓予无家属童仆，何所不可栖托。晋川沁水人，而家于沁之坪上村。坪上去沁百里，村居不足数十家，颇岑寂。予喜其岑寂也，亦遂留。天寒夜永，语话遂长。时或予问而晋川答，时或晋川问而予应。……

这段文字，至今读来如临其境，如见其人。虽然李贽的诗歌充满了漂泊的凄苦，却也有着人间的大快乐，大畅意。李贽在《答沈王》一信中说：“老朽久处龙湖，旷焉索居，无有长进，闻晋川居庐读《礼》，谢绝尘缘，故不远一千五百里就之，盖独学难成，唯友为益也。”

刘东星在《书道古录首》一文中说到李贽在坪上的情景：

> 先生欣然不远千余里与儿偕来。从此山中，历秋至春，夜夜相对。犹子用健，夜夜入室，质问《学》《庸》大义。盖先生不喜纷杂，唯终日闭户读书。每见其不释手抄写，虽新学小生不能当其清苦也。彼谤先生者，或未见先生而；倘一见先生，即暴强也投戈拜矣，又何忍谤，又何能谤之耶？

《明灯道古录》，顾名思义，就是在灯下说今道古的意思吧——四百年前坪上村一个漫漫的寒冬，有多少个夜晚，窗外或有大雪纷飞，或有西风怒号，或是月明如洗，而屋里却“烧灯赤炭红如日”，那应该是“红泥小火炉，绿蚁新醅酒”的意趣，几位饱读诗书的士大夫围炉畅聊……夜深了，会有仆人送来热酒一壶，小菜几碟，于是酒入诗肠，思绪愈发活跃，时或奇文共欣赏，时或疑义相与析，随口道来，含英咀华，喷珠唾玉，而后辑录成书，岂非人间之至乐乎？

刘东星一生为官清廉，严于律己，在《史阁款语》一文中自我评价说：“且余虽仕宦，而清素未脱寒酸习气……”史评“性俭约，历官三十年，敝衣蔬食如一日。”刘东星两个儿子刘用相、刘用健也秉承家学，不同凡响。李贽在给刘东星的信（《答刘晋川》）中评价说：“令郎外似痴而胸中实秀颖，包含大志，特一向未遇名师友尔。”

笔者早年在《为文的妙处》一文中曾经引用过李贽在《焚

书》卷三《杂述》中的一段文字，曰：“且夫世之真能文者，其胸中有如许无状可怪之事，其喉间有如许欲吐而不敢吐之物；其口头时时有许多欲言而莫可以告语之处，蓄极积久，势不能遏，一旦见景生情，触目兴叹，夺他人之酒杯，浇自己之垒块，诉心中之不平；感数奇于千载，既已喷玉唾珠，昭回云汉，为章于天矣，遂亦自负，发狂大叫，流涕痛哭，不能自止。宁使见闻者切齿咬牙欲杀欲割，终不忍藏之名山，投之水火。余揽斯记，想其为人，当其时必有大不得志于君臣朋友之间者，故借夫妇离合因缘以发其端。于是焉喜佳人之难得，羡张生之奇遇……”

不说他的皇皇巨著，就这么一段文字，已让人绝然倾倒。

明万历二十五年（1597），李贽应大同巡抚梅国桢之约，从坪上出发去了大同，在大同完成了《孙子参同》的撰写。

明万历二十六年（1598），黄河决口于黄堌，运道堙阻，刘东星被起为工部左侍郎兼右佥都御史，总事河漕，用了五个月竣工，耗费银两仅十万。皇帝下诏，嘉奖其绩，并擢升工部尚书兼右副都御史。

李贽评价刘东星说：“公今暂出淮上，淮上何足烦公耶？然非公竟不可。夫世固未尝无才也，然亦不多才，故见才尤宜爱惜，而可令公卧理淮上耶？”

明万历二十八年（1600），刘东星又奉命开通泇河。其时刘东星已患病在身，上书“求去”，皇帝屡次下旨“慰留”，万历二十九年（1601），刘东星积劳成疾，逝于任上，享年六十四岁。刘东星去世后的第二年，于万历三十年（1602），李贽因“离经叛道”不为当局所容，被捕入狱，不久于狱中自杀，享年七十六岁。

李贽出生于1527年。刘东星出生于1538年，王国光出生于1524年。他们是同一个时代不同季节的人。刘东星、王国光们营建的不只是豪门大宅，更是一座惠泽后人的精神家园，一段流芳百世的煌煌史话。这段史话是乡人的骄傲，也是国人的骄傲。刘东星的坟被平了，但环绕在他姓名之上的光辉是永远也平不掉的。

窑掌村隶属晋城泽州县晋庙铺镇，紧靠河南的济源。窑掌村共有寺院三座，为大、中、小月寺。

窑掌村

窑掌村的第一景，叫小月寺，原建筑早已破坏殆尽，靠近路边的山坡上有一座亭子是新建起来的，因为新，所以没有什么观赏价值。稍作停留后，七拐八绕下到一条深沟里——太行山的特点，但凡风光殊胜的地方，道路一定崎岖坎坷。

窑掌村村委位于中月寺，到了这里就算是到了窑掌村了。不远处一座古旧的门楼子刷上了一层紫禁城外墙的颜色，于是旧建筑透着一种崭新。

窑掌村全村清一色的石头建筑，显得有些荒凉破败，却有着美不胜收的天然格局。户户民居依山而建，层层迢递，一直延伸到山坡上。窗户有弧形有方形，颇具个性。中月寺的院子里摆放着当年喂牲口的石槽，如今这些东西都成了文物。和其他村落一样，这里的村民已经寥寥无几。

中月寺

大月寺所在的山叫月苑山。去拜访大月寺的路上，看到一处奇峰怪峡，天门一样的豁口，令人诧异，原以为是大自然的杰作，一问才知是当年学大寨时被人为炸开的。村民介绍说，当时这里原想造一座水库蓄水，后发现地下渗漏遂作罢，于是留下这么一处风景，也算是窑掌村一处当代的人文景观了。

大月寺原建筑已然了无痕迹，现有的建筑由信徒们集资修造，看上去和普通的民居住房不差多少，水泥抹成的八角亭，简陋粗鄙，亭子里放着两面功德碑，都是时下的东西。

不远处的田间，有老乡在耕种，寺院外天竺花开得正好。一位老太太拄着拐杖站在寺院门口，手搭凉棚向远处张望着什么。据说这两位看寺院的老乡来自河南。

从大月寺出来，沿路向山下走去。山沟里风景虽好，但不

窑掌村一隅

通风，时值正午，闷热难当。走走歇歇，来到一条干河滩边。这里曾经有一条河，往日的一弯清流，而今只剩卵石滚滚。山中没了河流，如同文章没了思想。

回望窝在大山环抱中的大月寺，当年一定是红墙碧瓦、晨钟暮鼓，木鱼伴着佛唱，终日香火缭绕，而现在只能想象一下了。

中午吃了姚剑夫人做的铁锅炖菜、家常豆腐、韭菜炒土鸡蛋，炖锅里大把的豇豆干，有一种特殊的甜香，堪称人间美味。

现如今的城市人被水泥森林圈腻了，被汽车喇叭和喧嚣市声吵烦了，开始喜欢往乡下跑。在青山绿水中撒撒欢，走走路，释放一下郁闷，呼吸一点新鲜空气，吃一口乡土味道的农家乐饭菜，成为新一轮的时尚。

坐落在山脚下的大月寺

饭后，和姚剑在村里随意走了走。沿河边有一排整齐划一的房子，据说是前些年建设新农村时修造的。

一路走来，人影寥寥，在一座没有大门的院子里，一位上了年纪的村民正蹲在家门口端着一碗面条风卷残云般往嘴里扒拉着。一只小猫走过来喵喵叫着，向我们讨要东西吃。

随意和老乡闲聊了几句，之后在村里继续漫无目的地闲步。来到一座无人的院落，姚剑坐下来掏出一根香烟抽起来，说他很想来这里买几间旧房，做个青山淡水的隐士。

这个院子位置很好，对面山上的风光是真正意义上的田园风情。时值正午，太阳很大，整个村庄静悄悄的。我们就坐在院里的长条石头上，默默地望着对面的山，还有山下的一条干河滩。远处清一色的石头房子起伏错落，老树洒下斑斑光影，有点微微的风柔柔刮过，随处可见的石头台阶在正午的阳光下立体感很强，有一种油画似的感觉。

坐着就觉得困倦袭来，姚剑找地方打盹儿去了，我一人跑到对面的山上拍村子的全景。远处观赏窑掌村，清一色的石头建筑，紧凑严谨，整体风格协调统一，却每一幢又不尽相同。门窗院落各具特色，村里村外古木参天，郁郁葱葱，和古老的民居相映生辉，美不胜收。

真心希望这座美丽的村子能永远美丽下去。

良户是闻名遐迩的一座古村落，位于高平市境内。随处可见的古建筑虽已破败不堪，却依然残留着高门大户的旧时气象。

良户·盘龙寨

2012年2月的一个星期天，来到高平良户村，原以为它和其他历史名村差不多，无非是些残留下的文明碎片，有点满不在乎，走的时候连录音笔和手机都忘记带了。

一座气度不凡的大门两边，安放着两尊石狮子，不知何故糊上了泥巴，门口挂着一个木牌，根据上面的说明文字，得知此处叫“室接青云”，原是一座明清时期的祠堂。“室接青云”的周边，曾是连片的壁坊，有种玉亭、攀龙鳞、附凤翼、振家声等建筑群，很想进去看看，大门却是锁着的。

没有熟人，又忘记了带相关证件，只好逢人就问，却说拿钥匙的人不在，需要等等。在等待钥匙的时间里，随意看了几户普通人家，才知道良户的富贵不是一处两处，而是非常普遍地存在过。随便一个人家的门楣，或者堆放杂物的角落，都能看到精美的石雕砖雕木雕，角角落落散发着岁月的沧桑气息，如同一张发黄的宣纸上洇开的陈年墨迹，顺着视觉的触摸，在心底漫漶开来，让我震撼，让我惊讶，让我的心跳加速。

天下着些微微的雪花，刚刚盖住了地面。

进到一座院子，一户人家的窗子里传出热闹的说话声，正琢磨要不要进去打问一番，就见花布门帘挑了起来，门帘下闪出一位老乡，热情地招呼我们说：“进来吧，外面冷，进来暖和暖和吧。”我们便骑驴就坡登堂入室了。

屋子里烟雾腾腾，有三位六十岁左右的老人正抽着烟闲聊，另外还有一位老妇人和两个半大的女孩子。老乡请我们坐下，问我从哪里来的，做什么来了。我自报了家门，老乡请我们坐在土炕上，随意拉呱了起来。

在和老乡的闲聊中，得知良户最早只有田姓和郭姓两户人家，原本叫“两户”，后来其他姓氏的人逐渐多了起来，才改为了“良户”。良户从唐代始形成村落，发展到金元明清逐渐鼎盛，形成了风格独具的建筑群。除了官宦府邸、商贾豪宅和普通民居各具风格外，有过观音阁、文昌庙、玉虚观、关帝庙、九子庙、龙王庙、三官庙、祖师庙、汤帝庙、白爷宫等建筑。上了年纪的老乡们至今记得良户当年的华丽和豪奢，到处是飞檐斗拱、四梁八柱，家家的门楣上镶有烂漫纷披的木雕和字体遒劲的匾额。寻常人家也都根据自己的社会地位有着“门当”“户对”，户户大门两侧都有雕工精美的石狮子。整个村子随坡就势，结构严谨，古色古香。村口曾经有过非常华美高大的牌楼，是当年良户村唯一的进出口。无论是外人还是本村人，必须通过牌楼下的阁门才能进到村里。

大门两侧的石狮子

良户在历史上曾经富甲一方，当时有个说法，说田家官大，郭家钱多，发展到后来，望族名门不止田家和郭家了。历史上的良户历来尊儒重教，世世代代延续着耕读传家的遗风，明清两朝出过一家有祖孙、兄弟相继科甲的盛况，历史上产生过六名进士，十多名举人。其中，清朝重臣浙江巡抚田逢吉最为显赫。

田氏一族曾是高平明清时期的名门望族。田逢吉为清代康熙年间名臣，字凝之，号沛苍，清顺治乙未年(1655)进士，初选翰林编修，官至户部右侍郎、康熙帝经筵讲官及内阁史学士等职。调任浙江巡抚后，遭遇耿精忠的“三藩之乱”，田逢吉率制府李之芳督师金衢，部署军务，日夜勤勉，积劳成疾。后告归乡里，卒于家中。田逢吉去世后，皇帝即颁旨官赠其祖父田可耘为通奉大夫，内国史院学士加一级。敕封其父田驭远为文林郎，翰林院庶吉士加一级，加封通奉大夫，内国史院学士。良户至今留有一副颂赞田逢吉历史功绩的对联和门匾，联曰：“名流翰院光留良户，德惠浙江史汇长平”，横额：“来骥天南”。田逢吉之弟田光复进士及第。田逢吉之孙田长文也是康熙五十一年进士。

精美石雕

随着政权的更迭，田家在历史的进程中不可避免地衰落了，

瑞兽麒麟

但那些曾经记录了当年盛世繁华的华丽建筑，却依旧静静地屹立在丹河边，安然地走过了民国，走过了抗日战争和解放战争，直到20世纪50年代，尤其是1966年后，良户所有承载着中华历史文明的华美建筑群，宿命般迅速地终结了完美的存在，在一场接一场的暴风骤雨中沦为了废墟。

采访中，说话最多的是一位姓王的老乡。王老乡说：“哎，那时候的良户是甚的光景，我那时候十几岁了，记事哩，每天放学回来，不走阁门就进不了村。那时候的良户村到处是严丝合缝的高门大户。有文峰塔、松鹏庙，还有祭祀李世民的皇王宫、观音阁、玉虚观……多了，有东街、西街、后街、太平街，村里有染坊、油坊、当铺、丝绸铺、木匠店、杂货铺、更房……”

我问：“什么叫更房?”

王老乡说：“打更你知道吧，以前没有钟表，村里有专门的人打更报时，到一个时辰就要打更。手里拿着梆子和铜锣，铎铎铎，咚……三更了！五更了!”

王老乡说着拿出一本画册来，给我介绍良户，说：“你看，这是田家的祖坟，坟上的石人石马。你看看，这些石人都没有脑袋了，还有两面石碑。”

我问：“田家的祖坟还在吗?”

王老乡说：“没了，人民公社时期，村里要修水渠引水，没有石料，就把田家的祖坟扒了。那坟气派可大了，一色是石头券的。牌楼、石人、石马、砖雕、石雕多下了。

残损石雕

那些石雕都打了石料砌到水渠上去了。田家的坟里挖出来都是三层棺椁，我们这里叫套棺。棺材里的尸骨掏出来随便往野地里一扔拉倒。那时候时兴‘破四旧立四新’，文物全当‘四旧’给砸了，碎瓷片飞得到处是，金属的文物都炼了钢铁……”

我问：“那坟墓上的石人脑袋呢？”

王老乡说：“改革开放后文物值钱了，被人偷了。”

我问：“那可是田家的祖坟啊，当时挖人家祖坟，田家人就没有人出来阻止吗？”

姓宁的老人说：“你要知道那时候村里所有的东西都是集体的，不属于个人了，你不同意也没用啊。”

王老乡说：“坟拆了，石雕砸了，结果呢，水渠也没水了，我们村前头原先有条河，如今河也干了，河床也差不多都被垃圾填了。”

王老乡说：“现在的良户和以前不能比啊，没什么看头了，就这凡来的人都还说好呢，在我们眼里也就是一堆垃圾和废墟

吧，一个天上一个地下了。我去阳城皇城相府看过，你们知道皇城相府一进大门那个牌楼吧？”

我说：“知道，很气派。”

王老乡说：“那牌楼算什么呀，比起我们村当年的牌楼差了不是一点，我们的牌楼那才叫个气派。真是不在了，不然你看了就知道了，不过现在说什么也没用了。观音阁你们看到没有，建在良户村的中轴线上，有讲究的，拆得就剩下一个遗址了。”

我问：“不都是自己一个家族的人吗，怎么还这么闹腾？”

王老乡说：“你们不知道，最早带领全村人破‘四旧’的人正是田家的后人，他家就在侍郎府里，侍郎府你去过没有，就在寨上。带领大家造反的这个人当过兵，在部队上是个副营级干部，复原回来后，正赶上‘文化大革命’，他就带头把他家照壁上的一条蟾给砸碎了。那条蟾专家们来看过，都说真可惜呀。专家说那个东西全中国只有两处，一处在北京故宫，一处

华美的照壁

就在我们良户。”

听着这些叙述让我的心很痛。

王老乡说：“破‘四旧’的时候，红卫兵们都是拿着八磅重的铁锤到处乱砸，把观音阁里的佛像都砸了，佛像砸了，观音阁也拆了。八磅重的铁锤知道吧？”

王老乡用手比画着：“这么大的铁疙瘩，最重的有十六磅，抡起来起来砰砰的几下，那些雕像就成垃圾了。后来一家家都跟着拆跟着砸，把所有的石雕砖雕木雕全部敲了，就成现在这样，现在的良户基本上都剩下些垃圾，没甚东西了。”

正说着，拿钥匙的人打来电话说他回来了。

和老乡们告辞了，绕到后街，见到了拿钥匙的人。四十开外的样子，头发有些花白，方颊宽颐，身材适中，有点落拓不羁，从衣着上看，不大像一个农民。他自我介绍说：“我叫宁宇，是这个村里‘地富反坏右’的子弟，我本人是个‘反革命分子’。”这样的自我介绍很是有些特别，我呵呵笑了起来，告诉了宁宇我的来意和身份。宁宇说：“那你找我就找对人了。”

手里拿着一大串钥匙的宁宇带着我们参观了玉虚观、汤帝庙、文昌阁等遗址，大多破烂不堪，或被改造得不伦不类。只有玉虚观保留了金元时期的两座大殿，看上去浑朴伟岸，释放着历史的凝重。玉虚观曾经被当作学校使用过，门楣上苍劲的“玉虚观”三个字依旧清晰，上方有后加的“培育英才”的砖雕，便知此处在新中国成立后曾经用作学校。

一路上宁宇东一句西一句地讲解着良户的变迁史，由此得知他本人是一位收藏爱好者。话说得投机，宁宇带我们看了他

门前门后的石狮子

的收藏。宁宇的收藏很杂，许多东西都在露天堆放，屋子里也是满满当当，无处下脚。有古老的纺花车，有雕刻精美的压窗石，有各种旧建筑上的砖雕、木雕、根雕、门匾，有战国时期的陶片，有汉代的瓦釜和陶罐，箱子里有各种历史时期的旧照片、旧衣服，甚至还有马、恩、列、斯、毛的挂像。我想拍几张，宁宇不让。他说从前曾经收藏过许多文物，有现在的三倍多，1993 年让县公安局一股脑儿全部拉走，整整拉了有三卡车，理由是说他没有资格个人收藏文物。后来他到处寻访这些文物的下落，问来问去，公安局说是给了文物馆，文物馆说根本没有收到，全部不知去向了。他说自己的收藏是不花一分钱的东西，都是随手捡来的旧砖破瓦。

宁宇指着石匾上几个浑朴的大字说："这字写得多好，这样凝神敛气的字现在的人是写不出来的。现在的人写字写得再好也有股子浮躁之气。"我很认同他的观点。

宁宇的爷爷是当年国民党黄埔军校的特务培训官，新中国

文明的碎片

成立后监狱里度过了一生，父亲是《新华日报》的“右派”。由于家庭背景的缘故，宁宇从小被当作“五类分子”的子弟对待，政治上备受歧视，在学校没有人愿意和他玩耍，他便从小习惯了自由自在独来独往，人们给他起了外号叫“野兽”。他说野兽这个名字很好，野兽就是自由的意思，自由多好。他说他现在还有一个外号，叫“疯子”，意思是说他和正常人不一样，不修房不盖屋，不务正业，整天弄些破砖烂瓦。

宁宇说良户的人文底蕴十分厚重，周边又是长平之战的古战场，随便出去就能捡到好东西，靠捡破烂也足够活命了。他很喜欢自己目前的生活状态，那些收藏品在外人眼里是垃圾，在他眼里都是宝贝。在宁宇淡淡的话里话外，透露着他作为一个良户人的骄傲。

宁宇告诉我说：“良户有过许多庙宇，庙宇里的镀金神像佛像金灿灿的，非常漂亮，‘大跃进’时期全部砸烂炼了钢铁，或者直接拉去充了任务。有一个看庙的老头儿趁人不注意，偷偷把三尊佛像藏到了茅坑里，问他，他不肯说，人们就吊起来打他，逼他说出佛像的下落。老头死活不肯说，可是儿子很‘革命’，把他父亲给出卖了，说他知道在哪里，于是人们把佛像从茅坑里起出来，砸碎了送去炼了钢铁。后来文物值钱了，儿子很后悔，说真不该来着……你不要笑，这都是发生在良户的真事。那个时候出身不好的子女为了自己的政治前途很多人都写过‘绝交书’，表明自己决心要和反动的家庭决裂。我姑姑就给我爷爷写过绝交书。我父亲说，那没有用的，再绝交你身上流淌的血液也是反动的，谁信你啊。”

宁宇说自己在良户没房子，解放前的两座大院分给了贫下中农，他们一家被撵到庙里居住。这座庙叫皇王宫，庙正殿如今是村委办公处，右厢房就是他从前的家，宁宇就在这间房子里长大。左厢房完全坍塌了，和正殿对着的戏台也剩下了一个架子，且歪斜得很厉害。宁宇说，他正在呼吁这座古戏台的修复，只是人微言轻，说话没人听。不知道当年扭曲人性的岁月给宁宇的心灵留下过怎样的创伤，能看到的是他的另类和狂放，或者称他乡间异人更准确些。

宁宇指着远处说：“我住的地方多好啊，视野多开阔。我父亲叮嘱我，这辈子不要修房，说要那些干什么，一‘土改’还不都是别人的？我在破庙里一样要长大。住在没有人和你争的地方，多安心。”

宁宇的父亲八十岁了，现在是中国老年书法家协会的会员。老人写的一笔好字，现今良户所有的宫观寺庙，门前挂着的说明文字，都是宁宇父亲的手笔。而良户所有旧建筑遗址门口用原木做的匾，均是宁宇的创意，算是富贵留痕了。

从良户出来，宁宇带我们向明代古堡蟠龙寨走去，也就是老乡们说的寨上。田逢吉的侍郎府就在这座蟠龙寨。蟠龙寨距离良户只有几百米，却是一个独立的寨子。寨门高大雄伟，原本有一围寨墙和寨门一般高，后来都被拆掉了，如今看到的一截是新修复过的。

来到侍郎府门前，一眼就看到照壁上被砸掉的“蟾”。根据遗存的线条，似乎更像一只麒麟，尽管没有了原貌，但能想象出当年这座府邸是何等的富丽堂皇，那些成为残片的砖雕石雕是多么的细腻生动。宁宇告诉我说，“文革”时期，侍郎府光拆下来的木雕就拉了有整整两卡车。

侍郎府边上有“勋第昭远院”一座，为田家老宅，六宅院、七宅院、秦家东西院。此外还存留着一座院子叫“福善庆”，为田家管家居住的院子，福善庆的佛堂和东宅相连，后有花园，前有书房，曾有一副对联曰：“一勤天下无难事，百忍堂前有太和。”如今只剩了门面尚在，里面的老房子大多已面目全非，不忍细看了。

良户的建筑，证明了封建社会农村曾经有过的荣华富贵和儒雅风流，如果不是亲眼所见，真想象不出我们的农村曾经有过如此奢华的万千气象，中国的农民们竟然有过这样蕴藉温雅的生存环境，而那些在朝廷为官的士大夫们从官场上退隐之后会这样精心建设自己的家乡。一个乡村就是一个完整的小社会，乡绅们担负着儒学的传承，承载着恩泽乡里、教化一方的社会责任，为朝廷培育出了许许多多的栋梁之材。农民的子弟只要苦读，就有可能鱼跃龙门，身价百倍，十年寒窗可换来一朝显

建筑细节

赫。乡村所以能世世代代繁荣发达，皆因汇集了人们日常生活必需的元素和功能。惟其如此，农村所承载的传统文化才能一代代传下去，中华民族光辉灿烂的人文历史才会绵延数千年，如浩浩大江川流不息。

宁宇感叹说：“几千年来，无论怎么改朝换代，历朝历代的统治者都会自觉地传承中华民族的历史文化，即便是外族统治者也概不例外，如金代，元代，清朝，都没有仗着手握生杀大权而无视中华民族的文明，都会尊孔重教，把历史传承下去……”

良户的前人为后人留下的古建筑本是一只聚宝盆，可以让良户今天直到往后的家家户户衣食无忧，但在历史大潮的裹挟下，良户人亲手把这只聚宝盆给毁掉了。他们毁掉的不只是个人的财富、子孙的未来，更是中华民族文明的结晶。被抛尸荒野的先人们，假如在天有灵，会怎样看待不肖子孙们种种不可饶恕的罪孽呢？画册上说良户是块风水宝地，但曾经的风水被如此破坏后还会是宝地吗？

宁宇说，“文革”是对中华民族文明一次毁灭性的破坏，而更为严重的破坏是后来的新农村建设。农民们没有文化，不懂得旧建筑的价值，再加上家家户户娶媳妇，女方都要求男方必须有新房，所以许多人家拆了旧房盖新房。后来懂得旧房子值钱了，又因为没有文化，盲目地自己修复，用瓷砖，用水泥，用所有自己认为是好的东西，结果呢，只能是进一步的破坏。

建筑细节

路过白爷宫，看到里面贴满红色瓷砖的外墙，已然没有了任何价值，只能作为一个遗址了。

有一户人家的堂屋，原本是金元时期的建筑，被翻修成了普通的民房。宁宇说，在保护文物方面，还有一个不可调和的矛盾，就是旧房子的确不好住了，潮湿，阴暗，这也是事实。老百姓要想住得舒适点，免不了会拆掉旧房改建新房。政府号召保护文物，可保护是需要钱的，没有钱光说一句话管什么用。看到侍郎府后院的旧堂屋变成了三层丑陋的红砖楼，真为屋主人感到痛心。良户到处有这样的红砖新房，与青砖青瓦的古村落显得格格不入，可谓大煞风景。宁宇说他曾经劝阻村民不要用红砖，但是没人肯听。于是一个价值连城的古村落在遭遇毁灭性的破坏之后继续被破坏着。

和宁宇告别了，踏上了归家的路。

走出村口，停下车来回头又看了一眼良户，巨大的广告牌子上写着：中国历史文化名村——良户。然而，承载着中国历史文化的良户，曾经的古建群已然废墟一片，这片废墟在萧索的冬日里无言地诉说着，它以自己尴尬的存在方式，记录了灿烂的中华农业文明由盛而衰的演变过程。

良户村口沿河道修了仿古的亭台和廊坊，河床干涸，沿河堤散落着刺眼的各色垃圾……华丽的现代仿古建筑映衬着满眼不可挽救的残败和颓废……想象良户的当年，四围有青山环绕，一条清澈的河水，辉映着华美的村落，古木森森，田亩齐齐，书声琅琅，春去秋来，四时八节，晨钟暮鼓，老有养，幼有教，病有医，尊卑有序，贵贱有别，牛羊鸡犬，士农工商，各得其所，该是多么和谐，多么美好，与大自然的节拍多么吻合，生活在这里的人们又该多么舒心惬意……

相信良户的命运只是中国当代历史的一个缩影，普天之下被同一个原因毁掉的“良户”一定不在少数。

如今的良户在村口又建造起了一座规模宏大的牌坊，意味着乡人文化的觉醒和理性的回归。但无论如何，美轮美奂的良户原貌是永远不可能再现了。

沿铺头往孔庄方向行进，很快就进入了大山深处。盘山而下落到平地，在路的右侧，隔着一条沟，有一个依山而建的小村庄，这个村庄就是怀峪村。

怀峪村

发现怀峪很偶然。

2010 年夏天，晋城博联社组织了一次孔庄采风活动，一路盘旋而下，不经意间回头一瞥，就被它的美丽深深吸引了。这是一座全部用石头垒砌的村庄，小小的，恬然古朴，嵚崎磊落，寂寞地伫立在大山的沟壑间，让人由不得心生喜爱。因为跟着大部队，行动不自由，远距离拍了几张片子便匆匆走开了。此后，这个村庄让我魂牵梦绕、无法释怀，总觉得那里面一定隐藏着许多故事，盘算着瞅机会再去仔细看看。

这一年的冬天，有了些空闲，我第二次来到怀峪村。

一冬无雪，到处是干燥的荒寒之相。没有了绿荫的遮挡，怀峪村赤裸裸现出了清一色的石头世界。除了房顶的青瓦，其余都是就地取材的石头——墙壁是石头的，小路是石头的，涵

远望怀峪村

洞是石头的，梯田是石头的，整个村落参差错落，依山势延宕向上铺排开。沟底是一条季节河，河床上铺满了青青的鹅卵石。

不知何年何月，怀峪村沦为了一座彻底的空壳村。此时，它静静地伫立在斜阳的背阴处，就那么旷世地美丽着，孤绝地空寂着，仿佛与世隔绝了几千年，以至于大白天都觉得脊梁上有丝丝寒气。

从一些老房子雕刻讲究的建筑细节上可以判断出，怀峪村是一个有了年头的古村落。拾级而上，但见山道蜿蜒，铺着水泥的小路纵横交错地连接着家家户户。

怀峪村的美丽是整体的美丽，有着自己无门无派的独特风格。浑然天成的格局像一首民谣，属于一种随意的、率性的、自由的自然美。不夸饰也不做作，如同河流一样顺势而就。想象不出村民们祖祖辈辈在这里生活了多少年，曾经有过的生活是怎样的情状，单就村子的建筑而言，既有浓浓的烟火气息又有远离红尘、超然物外的清幽孤绝，惹人生出些怀古幽思和无尽的遐想。

村子的尽头，是一垄接一垄石头垒砌的梯田，梯田里壅塞着密匝匝的荒草。荒草枯干的颜色在夕阳的逆光下泛着耀眼的苍黄。四周空旷得有些瘆人，寂静的大山里只有寒风轻轻掠过。怀峪村静静地和我对视着。青灰的色调折射出一种天荒地老的古朴。高下错杂的天然结构，浸透着村民的生存意志，书写着他们对生活的热爱和对美的追求。

挨家挨户走了一遍，才知道远看和近观是多么不同，禁不住感慨起来。在生产工具落后、交通不便的岁月里，他们究竟是靠了什么力量把一块一块的石头凿好再运进来送上山去，又费了多少时光和汗水才建成了这么一座美丽的石头村，敬佩之余煞是有些费解。

怀峪村每户人家远看似乎区别不大，仔细看过才知道一样存在着贫富悬殊，有的人家建筑很讲究，每一条石缝中间都用石灰勾过，门楣上有木雕花饰和三个或者四个不等的大字，是些什么内容已经辨认不清。木雕花纹不仅被铲平，还经过了一番刮磨，只有大门两旁石础上面的图案和砖雕的户对花纹还清晰可辨。有些石雕玉工刀法虽然不够细腻，但也蕴藉有致，风格迥异，保留着过往岁月的风雅和讲究。老房子一院挨着一院，前后上下通体是清一色的石头。上下两层或三层的四合院格局，屋内的顶层楼板木料厚重结实，稳稳当当地架在那里，仿佛还

错落有致

在等着主人回来。墙壁上的神龛两边刻着一副对联：天地之大哉，诚敬而已矣。横批：万物育焉。所有人家的院落里散落着各种生活器具，有油罐、簸箕、箩筐，一家的大门下撂着一双已经纳好的鞋面，上面的针脚密密匝匝。这双鞋面就差上鞋底了，不知为什么也被主人扔弃了。一只塑料油壶随意丢在了大门道。所有人家的门槛也是石头的，门槛的边上都凿有一个圆圆的洞，那一定是给猫咪留的自由通道。狗儿猫儿，和鸡犬牛羊一样，都是往日田园生活不可或缺的元素。

可以想见，这里的村民，身处大山之下，交通不便，可能许多人一辈子都没有进过县城。他们日出而作、日落而息，过着自给自足的生活，“无论魏晋，不知有汉”也许活得更加安逸、快乐、满足。一年四季春耕夏种，四时八节，就是他们生

布局讲究

活的全部内容。在这个小小的村子里，每个人都会遵循自然大道完成着繁衍后代、婚丧嫁娶、生老病死的过程。之后，往村旁的黄土地里一埋，一生就结束了。他们祖祖辈辈生于斯长于斯歌哭于斯，不知道过了多少代。直到有一天，由于这样那样我们说不太清楚的原因，这个村子突然不能住了。于是全村人选择了舍弃，舍弃他们辛辛苦苦一石一瓦修建起来的家园，丢下祖祖辈辈供奉的祖先，义无反顾地走了，再也不回来了。

一座做过小学的房子，黑板上还留着些粉笔的字迹。梧桐树飘零的落叶厚厚地铺陈在院里院外，用脚踩过，发出沙沙的声响。厨房的墙壁上挂着一只箩子，灶台上放着一只完好的盐罐。扔弃的木床上，油漆绘制的图画依旧红红地鲜艳着。一张实木桌子放在院子里任由风雨侵蚀。每家的地上都有完好的水缸、瓮和板凳、橱柜之类的东西。门窗上的绿纱窗依旧很绿，把屋内的光线都染成了绿色，拍出照片来也就成了绿的影调。这些残留的人气，在冬日的阳光下，给了我一种想象，想象着村民们弃别故乡时该有着怎样的无奈和不舍……这么好的房子不要了，这么好的农具不要了，这么完整的床也不要了。油漆的木床虽然不是文物，但框架还很结实，完全可以继续使用。或许正因为日子过得不错，才有能力寻找更好的地方去安居。但无论如何，搬迁，对于农民来说绝非易事，除非有迫不得已的原因，他们绝不会轻易抛弃自己的家园。说故土难离，是因为故土和一个人的生命有着千丝万缕的联系。

大门外的葡萄架依旧在风中架着，雕花云窗上的藤蔓依旧蔓着，满地是黄褐色的枯草，这些生命力旺盛的枯草到每年的

厚重的建筑，殷实的人家

春天会蓬蓬勃勃地自由生长，用不了多久，会和杂树一起把这座村庄完全吞没。

一户人家的门前有两口旱井，捡块石头扔进去，只听“咕咚”一声，便知里面还有存水。路边的枯枝下盖着一只破碗。煤油灯的灯头生了锈，随意扔在垃圾堆里。青灯有味，唤起我对儿时的记忆。看着亲切，捡起来用面巾纸擦了擦，把玩一番后小心翼翼地装进了相机包。

抬头望天，天是蓝的，醒目的蓝，通透的蓝，蓝色天空里分布着几缕淡淡的云丝。房顶上一簇簇瓦楞草，让蓝天给它做了背景，在风中瑟瑟地抖着一种萧瑟的美。靠路边不远处，有一棵高大的柿子树，上面零星挂着几颗柿子，被鸟雀们啄食成了空壳。触目周遭，空旷寂寥，静谧的大山里看不到一个人影，只有冬鸟偶尔从头上掠过。

无处可以打问这座村落的来龙去脉，徜徉一阵之后，踏上了返程的路。

冬日的斜阳，明暗反差很大。天宇下，土地是黄褐色的，野草是黄褐色的，一条柏油铺设的盘山公路，在斜阳的反射下闪烁着刺目的光亮。向上，再向上，绕了几个弯，在坡势稍缓处，一辆红色的摩托车停放在路边。这是进山后唯一见到的人迹。就这么一点人迹让我心生暖意。我们停下来搜寻着摩托车的主人，见两位中年汉子正在灌木丛后面废弃的梯田上用铁钎撬石头。一个胖大些，戴着一顶针织的毛线帽；一个瘦小些，没戴帽子。

老乡见到我们，停下了手中的活儿，随便拉呱了起来。闲聊中，得知怀峪村之所以被彻底抛弃的原因很复杂，有地处闭塞、交通不便、没有经济来源等问题，也有撤乡并镇和撤并学校的原因。这一带小孩子三四岁起就要上幼儿园，之后小学初中都离不开家里人照顾。村里没有了学校，家长只好跟着孩子走了。此外，因为贫困，没有姑娘愿意嫁进来也是导致村民搬迁的一个主要原因。戴帽子的农民说："娶不上媳妇就完了，还要咋地呢。"

正是这些原因，村民们抛弃了自己的故乡，分散到了各地。怀峪村前几年因附近建了一个物资储备站才通了电，路也随之通了，吃水也不困难，山上有股山泉，截流后够全村人用。但是，没人住了。

我问："你们是哪个村子的？"

戴帽子的老乡说："申门，就在岭上，你们来的时候路过的。"

不戴帽子的老乡说："不要说怀峪这么个小村子，就连我们申门这样的大村子现在也没有多少人了，有点办法的都搬到了城里。"

戴帽子的老乡说："不过也有回来的。我们村在焦作工作的一个人，退休了回到村子里来，把房子简单装修了一下，一年四季，除了冬天都在村里住着。自己开了块地种菜，吃不了还给焦作的闺女托运呢。"

不戴帽子的老乡说："老房子你们知道吧，墙皮厚，一尺六呢，冬暖夏凉，好住。"

戴帽子的老乡说："其实你们要是喜欢农村的话，花个几千块钱买上一座院子住住也挺好的。"

我问："你们怎么没出去打工？"

不戴帽子的老乡说："刚回来，快到年底了，没什么好干的了，早点回来准备一下好过年。"

戴帽子的老乡说："以前村子里都有学校，至少都有小学吧，孩子们守家在地就能念书，人们谁还愿意往外跑？"

我问："政府撤并学校是为了提高教育质量，你们觉得现在孩子们在外面念书是不是比从前成绩好啊，受教育的水平是不是有明显提高啊？"

戴帽子的老乡说："提什么高，我们没有感觉到有什么提高，就是感觉到折腾得厉害，今天这样明天那样，挣点钱都花在孩子们身上了。以前村村都有学校，还有一个互相比较互相竞争的劲头。现在好了，那么多村子合并到一个地方，教得好不好，没有个比较了，学校反倒不在乎了。好也罢坏也罢，就是这么一座学校，你念就念，不念拉倒。”

我问：“你们村的大学生多吗？”

不戴帽子的老乡说：“多啥，没有几个能上大学，一是考不上，二是上不起，百分之六七十的念了初中就不念了，都出去打工了。”

我问：“你们的孩子们会种地吗？”

戴帽子的老乡说：“种地会吧，从小看也看会了。”

我问：“为什么现在的农村看上去破败不堪，什么原因？”

老乡说：“都住得没心劲了，以前还修房盖屋，现在连墙皮破了都不想管。人都走光了，孩子们出去打工时间长了也都不回来了，剩下一些老人，能动的都跟着孙子去念书的地方照顾小孩儿去了，村里的人越来越少，说不定哪天整个村子就都空了，谁家还有心劲收拾，不破烂等甚哩。”

我问：“那你们弄这石头干什么用啊？”

不戴帽子的老乡说：“打工回来没事干，弄点石头垒垒地堰边。”

石头旁边的灌木砍掉不少，有一种灌木的木心是黄色的，那种黄非常靓丽。戴帽子的老乡告诉我说：“这叫黄栌。”说着摘了一片干枯的红叶告诉我：“到秋天黄栌的叶子是这样的颜色，山上的红叶都是黄栌上长出来的，很好看，这东西有油性，烧火也很耐。”又指着另一种灌木介绍说：“那种是连翘，春天开黄色的花。”说完走过去揪下一个连翘的荚子给我看。

天太冷了，说话的工夫，脚板子冻得生疼，于是和老乡告别了，连忙钻进了车里。丈夫把暖风开得大大的，半天才暖和过来。

向山上走去，和山顶平行的有几个村子，弄不清楚哪个是申门。远处一块地里，有一位老大爷在砍荆条。我们走过去问："大爷，申门在哪里？"大爷耳背，问了半天也没听明白。我叫喊着又问了一遍终于听清了，指指旁边位于岭上的一个村子笑着说："这就是申门啊，我就是申门的啊。"

老人抹了一把清水鼻涕，告诉我们他八十岁了，儿女都没了，和老伴两个人，靠政府的救济过活。说："一年能给一千两百块，没有些甚的买，够花了。老公家对我们不错，放从前谁管你能不能活呀。不赖，我知足了。人家有多少钱填还你，可以了。"

每个月一百元，就让老人如此感激不已。老人手里抓着一把细细的荆条，我问他弄这些做什么用。老人说："这个东西能编笸箩，蒸了馒头放上去不沾。"

和老人告别后钻进了车里，丈夫正要发动车，我突然想起来马上要过年了，于是连忙下车撵上去，喊了一声"大爷"，给老人塞了一百块钱。老人不肯要，一边推辞着一边说："这不行，这不行。"我说这是给他的采访费，老人听不明白，我也解释不清，胡乱塞进了他的衣兜。

一百块钱算不了什么，但对于老人也许能有点用处。

太阳落山了，天色渐渐暗了下来。

回到家中，将拍摄的图片倒在电脑上检视一番，不满意的居多，意味着必须再去一次。

2011年初春季节，我带着两只小狗，打了一辆出租车第三次来到怀峪村。

清明刚过，乍暖还寒的季节，城市依旧一片灰蒙蒙的冬色，在太行山的深处，却已是春光妖娆了。怀峪村迎春花开得正好，许多人家“桃花依旧笑春风”，却是“人面不知何处去”了。有几家大门上的石雕已经被人撬了，原本完好的石券门也已损毁。许多人家的院落里新添了燃烧过的柴火堆，有两棵粗大的桐树也被伐倒在地。远处的坟头上，黄黄白白的纸钱挂在树枝上随风飘荡着——搬走的村人没有忘记他们的祖先，在清明这天回来祭祖了。

半村和后沟有着上百年的历史，属于阳城县润川镇的自然村，彼此相距不到一公里，这两个村庄和周围的大山相得益彰，浑然一体。一条清澈的山溪经过村庄，顺山而下。

半村·后沟

端午节的这天，一大早五点动身，直奔阳城的杨柏。路过一片桑树林，采摘了一些桑葚，于中午时分来到镇上，在杨柏小饭店用过了酸菜河捞，进农家旅馆小憩片刻后，继续向杨柏大峡谷进发。

炎夏的正午，最是熏热难当的时分。走过秋川河，见一条乡村公路向山上延伸而去，我突发奇想，提议沿着这条路随意走走。

于是，车子顺着这条乡村公路向大山深处驶去。一路杳无人迹，山中安静得有些瘆人，只有喜鹊倏忽在眼前飞掠而过。眼前景象越来越诡异，高耸的群峰黑压压地扑面而来，酝酿出一种令人不安的神秘气氛。路两边的峭壁上，长满了密匝匝的森森灌木和不知名的乔木。山风掠过，翻卷起树上的叶片，露出了浅色的叶背，现出一片片白花花的颜色，在正午的阳光下，十分晃眼。约莫走了五六公里，远远看见了一个村落，有点紧张的心情才放松下来，心想终于看到人家了，却不知从哪里跑出来两条大狗，一黄一黑，站在道边对着我们凶悍地狂吠起来，令人毛骨悚然。

路边的村子，不知叫什么名字，清一色的石板房，全部没有了屋顶，沦为一座座的废墟，只有一个院子里放着一辆三轮车，说明这家还有人居住。两只大狗很凶，我没敢下车，继续向上驶去。走到山沟的尽头，眼前出现了另一个玲珑小巧的村落。一位中年农民正在路边做活。我问他：“老乡，上面还有路吗？”农民回答说：“没有了，到头了。”他告诉我们到上面可以调头。

半村　路的尽头，车在村边一块平整的水泥地面上停了下来，抬眼看着这座山村，一片超乎想象的颓败让我惊诧起来。

这座小村依山而建，所有的房子全部用了赭红色的石板垒砌而成，一家家随山势层层迢递着向上延伸，高下相间，参差错落，疏密有致，铺排出一种浑然天成的唯美格局。然而，和

满眼的断壁残垣

下面看到的那个村子一样，已然成为一堆废墟，这堆废墟静静地伫立在崚嶒的山峰下，和夏日郁郁葱葱的山色形成了极大的反差。一只小花狗站在石板路上，身子掩没在了荒草中，露出个猴样的脑袋友善地看着我们，意味着村子里还有人住。

沿石板路拾阶而上，但见一个挨一个的废墟间布满了荆棘荒草。挨门挨户走访一个个破落的院子，有的人家门上还上着锁，说明了主人的不舍。其中一户房子看上去比较完好，木质结构的上下两层，四合院，门口倒卧着两个不大的门当，表明主人曾经很富有。隔窗向里看去，除了地上扔着些散乱的编织袋，四壁空空，什么都没有了。自来水滴落在水缸里发出隐约的叮咚声。

有一个小小院落还比较规整，地面用高低不平的石板铺出，

相对完好的房子

房门框上贴有鲜红的对联，墙头垛着些整齐的劈柴。丈夫说，这个院子可能还有人住。我站在院子里一边拍照片，一边等待着主人的出现。须臾，屋子后面闪出一位荷锄的老人，老人穿着一件化纤质地的蓝秋衣，披着一件的确良的军绿色外套，腰间吊着一根红布裤带，头上戴着一顶白色的遮阳帽，身材瘦削矮小，黝黑的脸上布满了皱褶，深深塌陷的脸颊，一口稀疏的牙齿，看见我们，坐下来开始拉呱。

老人今年七十三岁了，名叫田德生，无妻无子，一个人生活。田德生除了有些耳聋，身体还十分硬朗，也很健谈，说，这个村子原先有二百多口人。如今只剩下四口了，还都是些五保户，单身汉，残疾人，其余的都搬走了。

我问他一个老问题，说："这么好的居住环境，人们为什么要搬走？"

老人说："娃家要念书，没学校了；人要看病，没卫生所了，什么都没了，撤并了，不走不行啊！不走，小孩家没书念，要当文盲。"

这个问题我问过许多村庄的许多人，回答基本相同。根据老人的叙说，得知这个村子叫半村，建成于清光绪年间，祖上从洪洞逃荒过来，他听爷爷辈的人说，那时遭了大年馑，饿死许多人，到处人吃人，当年的杨柏乡就是一个吃人的地方，经常抓住过往的行人杀了吃。为了活命，全家迁到这里来。他家和一家姓郭的最早过来的。除了田姓和郭姓，还有姓曹的，姓魏的。他家是弟兄仨一起过来的。老人指一指不远处的废墟说："那是老大家的房子，我这房子的背后是老二家的。和我们一起来的有一家郭姓，就住在上面那座小四合院里，后来又陆续来了姓曹的，姓魏的，都在这里住了十几辈子了，可到了现在不能住了，都走了，说个不能住就不能住了……不遭光景、不动刀兵是没有人肯来这地方住了。”

老人说到这里深深叹了一口气，神情有些怆然，眼神游离，声音也低沉了下去。老人说的“遭光景”是指颗粒无收的灾荒年。有一首陕北民歌叫《卖娃娃》，唱的就是民国灾荒年里老百姓被迫卖掉自家孩子的不得已：“民国那十九年整，遭了一个大的年成。高粱面刷糊糊，三天就喝两顿。可怜实可怜，可怜我没有钱，买了二斗秕荞麦，没推下二斤面。逃荒也不行，守家更不成，想前想后无法办，骨肉分离下决心。大的七八岁，二的五六岁，撂下那个怀抱抱，谁要就卖给谁。”这个民族对于历史上饿殍遍野、赤地千里的记忆尚未完全失去。五六十岁的人大都还记得野菜、树皮、观音土。

我问他：“人们都走了，那你为什么不搬走？”

老人说：“人家走就走哇，我不走，人家说不能住，可我觉得这里能住着哩，这里好，种什么长什么。我自己种着四亩地，打下的粮食足够吃了。山里有的是药材，什么药材也有，每年卖点药材也够我零花了。我老了，老骨头就埋在这里吧。”

我问：“搬走就搬走吧，为什么要把房子拆了呢？”

老人说：“搬走的人到新地方要盖房子，要用檩条用大梁，就拆了。”

我又问：“他们都搬到哪里去了？”

老人说：“去哪里的都有，有去下芹的，有去八甲口的，都四分五散了。”

说着话，刚才路边见到的那位中年农民上来了。我们的到来给这个沉寂的小村带来了一丝热闹。中年农民姓郭，蓬头垢面，脚上着一双破旧的布鞋，端着一只裂了璺的大碗，碗的外面印有红色的囍字，碗里是黄澄澄的玉米圪糁稠饭，饭上面码着些萝卜菜，边走边吃。

中年农民姓郭，忘记问他叫什么名字了，看上去四十岁左右，不知何故没娶媳妇，和年迈的母亲相依为命。进了田德生家的院子，倚着墙根蹲了下来，接过话题说：“唉！都走了，留下的不是孤寡老人，就是五保户，还有残废的。”

从他们口中得知，这个村的村长是最后一个搬走的，所有的党员都走了，剩下四口人都是普通村民。

半村一隅

老人说起了当年的便工队、土改，说起了抗日战争，说起当年分田地，斗地主，划出三六九等的成分，地主、富农、中农、下中农、贫农、雇农。田德生家是贫农，上面姓郭的那家是富农。……这些事他记得清清楚楚。

半村原来有小学，有老师，有卫生所，后来都撤了，为了孩子不失学，只好都走了。田德生说："其实人们都不想走，没人想走，可是不走没办法，娃家要念书。"

提起小时候的事情，老人的情绪有点亢奋起来，说："抗战时我记得，日本人来了，大人把我藏到山上，安顿我说：'悄悄嗯，不敢说话。'这些事我都记得哩。日本人走了没几年，开始'土改'了，喊的口号是打倒地主老财恶霸。那个时候，党员身份不公开，暗号标记是胳膊上挽着条毛巾，积极分子们头上裹着毛巾，脑袋后面挽个疙瘩。杨柏村有个国民党地主恶霸，让他站在板凳上交代，人家站在上面说：'父老乡亲兄弟姊妹们'，一句话没说完，让积极分子抬起腿来一脚就把凳子蹬倒了，说：'甚时候了你还和我们套近乎，谁是你的兄弟姐妹?'说罢用三棱木头几下就把他尥 (niao) 翻了，最后把他拽到镰杀地 (玉米茬子地) 里，脚上拴了条绳子，拽起来就拉。狗日的有钱，吃得胖。一木头下去，膘肉翻开，白嫩嫩的，一拨人打罢，又换一拨，最后让人们给活活打死了。"老人提起往事，越说越激动，一边说一边用手比画着。也许是憋闷得久了，话匣子打开合不上，从抗日到土改再到人民公社，想到哪里说到哪里，滔滔不绝。

说着话，那位郭农民的妈妈也上来了，老妈妈比田德生大一岁，今年七十四了，看上去身子骨很硬朗，身材高大，梳着齐耳的剪发头，白发苍苍，人有些微胖，却十分精神，看得出年轻时一定是个俊俏的女人。老妈妈一迭声地问我们：“吃饭了没有，要不要再吃点?”

老妈妈告诉我们说，他们居住的这条沟叫木木沟，原来这里的木头好，一道沟里都是一抱粗的大树，杨树、槭树都有。“后来砍光了，一棵都没有了，现在成了没木沟了。”

田德生的院子下面，有个神龛，神龛里供奉着“红猴仙”，原先有一尊泥塑，“文革”时期被红卫兵给砸了，如今的石雕像是后来新塑的。为什么供奉红猴仙，有什么掌故，老人们已说不上来了，只知道这个神龛从民国14年就有了。

我说：“政府这些年搞三通，村村通公路、通水、通电，可是这水电都通了，路也修好了，人却都走光了。”

老人说：“不通路人们还走不了呢，路一通，走起来才方便了。说个走，来辆车，东西一拉，哗地都走了。前后分了三批，第一批是在1995年，第二批在2004年，最后一批前两年走的，到现在走光了。”

这几句话说得我大笑起来。

我随老妈妈来到她家，院子虽然破败不堪，但老妈妈住的家却收拾得干净利落。山西人，无论多穷，总会打理得干干净净。院子里有一只小狗仔，看见生人吓得钻进屋里去了。老妈妈说，这只小狗是她在外面捡来的。我很想问却没好意思问的一个问题是，她儿子为什么不娶媳妇。和老妈妈说了一会儿话，打听到上面还有一个村子叫后沟，离这里不远，村民只剩了一个人，还是一个残疾，一条腿没了。不知道这位残废的农民是怎么过日子的，想去看看，可是路不好走，车上不去。老妈妈说："走路也不远，就半里路。"然后送我们出来，一直送到村边。她指着山崖上一个黑黑的洞口说："那个洞里面有五灵脂，你拍一张吧。"

五灵脂就是鼯鼠（寒号鸟）的粪便，鼯鼠就生活在峭壁石洞或石缝中，窝的形状如鸟巢。鼯鼠白天睡觉，清晨或夜间出来活动。鼯鼠夏日羽毛丰盛，到了冬天反而要掉光，昼夜鸣叫，故又称为寒号鸟。五灵脂性味甘温，无毒，有疏通血脉、散瘀止痛的功效，主治血滞、经闭、腹痛、胸胁刺痛和蛇虫咬伤等症。老妈妈告诉我，这里的五灵脂药性很好。

后沟　一路上坡，路面不算窄，也还平坦，只是已经全部覆盖在了萋萋荒草下，沿路一垄一垄的梯田都是撂荒的土地，田间长着核桃树、花椒树和桑树。路不算远，但在炎夏正午的太阳下一路爬坡也着实够受。很快嗓子开始冒烟了，没有带水，就摘些路边的桑葚解渴。这一带的桑树都是老树，桑葚很稠，但个头很小，且味道不够甜。

山色愈发壮观起来。极目远眺，但见四围山峰峭拔，壁立千仞，雄奇险峻。满目的葱茏苍翠，满耳的鸟鸣啾然。山风掠过，炎夏的烦热中透着一丝清凉。山沟的尽头，是另一座村落的废墟，这就是村民告诉我的后沟。

后沟村坐落在大山脚下，抱谷掩境，稳气藏风，四山陡绝，峰峦耸翠，一副养在深闺人不识的派头。尽管已是残垣断壁，依旧透着美不胜收的韵味。那种美是和大自然高度融洽的和谐之美，一如古画里的意境，让人联想起唐诗宋词元曲小令，孤村，小溪，青山，石径，石板房，石墙，静谧，安宁……浑然天成的“诗意栖居”。

我们很快找到了这个村里唯一的村民，村民叫吴成龙，五十多岁了，一条腿的下半肢因病被截掉了，腋下拄着拐杖，人看上去还算精神，他一个人生活还要种庄稼。

吴成龙坐在房檐下的石头上，身旁放着一支拐杖。一只小花狗对着我们发疯地叫着，主人再三安抚才渐渐平静下来。

后沟紧靠着山根，由于大山的遮挡，暗得很早。三点多，就觉得太阳快要落山了。斜阳把院子里的一切辉映得光影斑驳。西房已是一堆废墟，原是吴成龙本家大哥的住宅，如今只剩下了墙基和一堆乱石。墙上残存着破窗框，歪歪扭扭地架在那里，证明了曾经有人居住。乱石堆上长出一丛丛的黄色野花，微风里摇曳生姿在残存的窗框间，阳光下构成了一幅生动的印象派油画。一棵核桃树的枝桠斜搭下来，为那座废墟做了前景，院子里种着几棵白菜和小葱，嫩嫩的，青绿可人。生机与死寂在这里同生共长。沦为废墟的后沟，在蓝天下，在大山深处，静静地沉默着，没有人知道这里的村民在拆毁自己亲手修建的家园时，在舍弃祖祖辈辈居住了上百年间的故乡时，经历过怎样痛苦的心灵挣扎和无奈选择……

这道沟原来有四百多口人，后沟五十多口，都姓吴。吴成龙听祖上老人说，后沟的村民也是大光景（大灾年）时候从洪洞过来的。而现在只剩下了他一个人。

西山上有一条盘山小路，从这条路翻过去就是阳城的横河。当年村民挑着担子送公粮走的就是这条路，因为长期没有人走，早已荒了。

吴成龙说：“这山上除了吴姓家族，还住过其他人家，现在还有石磨石碾，都是河南洛阳人逃荒上来弄的，后来光景好了，又都回洛阳去了。”

我问他：“你一个人住在这里不害怕吗？”

吴成龙说：“不害怕，这山里豺狼虎豹什么都没有，就是日他娘有山猪。山猪爱吃玉茭，一晚上亩二八分地就拱没了。”

说到木木沟，他说：“我这房子是十几年前修的，用的木头都是这沟里的树。这条沟是大森林，后来都砍光了。从前的人不说其他，有饭吃就行，就知道种地种地种地，到这里是一路种地种上来的，现在都荒了，你们进来的时候看到了吧，那地都荒得怕人。这里的树前十几年都砍光了，那时候人都想着要走了，又没有钱，就偷偷地砍木头烧木炭卖钱，好木头沿山口放下来卖给河南家，现在都没了，一棵都没了。这地方好住，前十几年娶媳妇也好娶，往后就越来越不好娶了，一批批的人走了好几回，没有人了，谁还愿意嫁进来？”

我问他有没有媳妇，他说：“有，在外面给孩子做饭呢。”

“你几个孩子？”

“一个。……其实要生也让生呢，生了养不起，不想生。”

我感到口渴得厉害，问他要开水喝。吴成龙说：“没有开水，有山泉水，水管子接下来的，你喝吧，喝不坏人。我们吃的水都是从山里头流出来的山泉，河南人来了，除了喝饱，走的时候还要用塑料壶带上几壶走。”

我用水舀子从水龙头上接了半舀子水，没头没脑地喝了起来，那水喝着的确清凉甘甜，十分解渴，完全不同于城市里满是漂白粉味的自来水。

吴成龙告诉我说：“这里的土地是黑土地，种什么长什么，麦子、谷子、油料、土豆，除了种出来的红薯不好吃，其他都好。麦子一亩地能打七八百斤，还有棉花也长得好。能住，好住着哩。”

又说：“听我爷爷讲，光绪年遭了大光景，走到哪里都能看到死人骨头，这山上龛下面都有死人骨头。到现在种地的时候都能挖出人骨头来，不是饿死的，就是让人吃了的。那年月真是人吃人啊，不虚嘴……人一辈子是要受罪的，不能一直享

荒草中的破败

福，将来跌下年成了，光景不好了，城里没法活了，你们就来这里住吧。这山里养人，有药材，什么都有，没粮食了，挖野菜吃也饿不死。”

毋庸置疑，用不了几年，这几户村民也不存在了，这么美丽的地方将成为一片死寂，那时再来，怕是连讨碗冷水喝的地方都没有了。这一带通路，通电，电视能收到十六个台，吃的是山泉水——那是城市人需要花钱才能喝到的水，且不用挑，都自来化了。土地肥沃，环境优美，国家取消了农业税，农民的生活算不上小康，却也自给自足，丰衣足食，按古人的理想，达到了“甘其食，美其服，安其居，乐其俗”（老子语），可是村民还是选择了背井离乡……这些村子再过几年，将不再被人想起，地图上也不再有它们的名字。也许过几十年再回头看时，才能知道这样做是对还是错，可是更也许知道对错的时候已经为时太晚。许多古村落，不说别的，单就那几百年的历史和唐诗宋词里的美学意蕴，其价值就无法估量，且是不可模仿也不可再生。

从后沟出来，路过半村，连小花狗都不见了，午后的阳光照耀着一片死寂，令人怀疑刚才热闹的笑谈是否真的存在过。想必这四个村民正在午休，就没有再去打扰他们。我跑到对面的山腰，给这个村子拍了一张全景。一条白色的水泥小路围着静谧的村落转了一个半圆，这种形状，在风水学上称为“玉带缠腰”，有着吉祥的寓意，可是这份吉祥对于这座人去屋空的山村，已然失去了任何意义。

半村，这座有着百年历史的自然村，清一色的石板房子，

后沟村小巷

从远处看来更加拙朴厚重，只是那美的格调很凄凉，很萧索，很残败，很无奈。

走出半村，向山外驶去，路过那座有两只大狗的村落，拍了几张片子，匆匆离去。此时已经知道它的名字叫下村，下村如今也只有一个村民。

踅出小路，进入杨柏大峡谷，但见峻岳崇冈，丹壁万寻，一边是深沟大壑，另一边是万仞高山，目之所及只是一个绿，无边无际的绿，远远近近的绿，绿成了一片恣肆汪洋，分不出层次，分不出深浅。走走停停拍拍，山风送爽，能听到峡谷深处隐隐传来的溪流淙淙，各种美丽的小鸟鸣啾着出没在林梢灌木间……而令人揪心的依旧是沿途一座座的废墟，那些废墟大多临崖而立，有石磨石碾，有石墙石凳石桌，有古槐参天，有白杨萧萧。其中一处最美的废墟，每每令我心思荡漾，想象着什么时候带上帐篷在此处住一宿，坐在石凳上，饮一壶老酒，赏山间明月，听虫鸣鸟啼，感受一番山人的滋味……而今此处被牧羊人做了羊圈，一大群长着犄角的山羊们被关在里面，从门洞里探出脑袋来好奇地和我对视着……

来到后龛村，欣喜地发现竟然有了人气，这个村庄原本也是被废弃掉的，一直以来只有一户村民。看见“农家乐”的牌子在村口竖起，高兴得我大叫起来。一打问，才知道是村长携夫人率先回来发展旅游业了。终于，有人肯回来了。开轩面场圃，把酒话桑麻，何等样的其乐融融啊。真心希望着这些东西不要丢失得那么彻底。

遗憾的是回到后龛村的目前只有村长夫妻二人，没有公交，没有人手，没有手机信号，想开发旅游缺少资金，走着费劲，再回来又谈何容易啊！两个人又要经营山庄的吃住，又要打理景区，拾掇垃圾，直累得七死八活。村长说，他正在动员村民回来，但是很少有人愿意回来了。

说起半村，后龛村的李村长告诉我说，一个洛阳的画家常住在那里写生画画，有十多年了，突然有一天发现村子被拆毁了，差一点哭出来，急得直跺脚……

城则村隶属泽州县柳口镇浮山脚下，一条细瘦的丹河从村前的沟壑间流过，四围环山却地势开阔。城则村登记在册的据说有一百多口人，但常住村民只有二十多人，且大多是五十开外的老农。周边的邻村有东交河村、河东村、圪针掌村、小会村和大会村。这些村落的状况基本相似。

城则村

城则村自然风光殊胜，春有漫山遍野的迎春花和野桃花，灿若锦缎；秋来山山岭岭红叶如云，色彩缤纷。梯田层叠，山围水绕，都是可入画入诗的风景。城则村土地瘠薄，却种什么长什么，盛产玉米、谷子、小麦、红薯、土豆、南瓜、黄豆、绿豆、小豆等作物，经济树木有山楂、柿子。城则村的农民靠种地为生，虽不富裕，却也温饱不愁。蔬菜水果，五谷杂粮，自供自给。

距离城则村不足一里处，早先有一个沟北村，沟北村的村名在卫星地图上还有，但实际上已经不存在了。因人口锐减，数年前合并到了城则。沟北村的旧址只剩下了一棵老槐树和一幢破房子。

城则村早年吃的是深沟之下的丹河水，挑一担水很艰难。20 世纪 60 年代“农业学大寨”时期修建梯田时，无意中发现了一处水源，于是城则村有了第一口水井，村民吃水不再到坡高路陡的河边去挑水了。通向城里的路原本是一条走了几辈子的崎岖小路，出入全靠两条腿，十分不便。1997 年，随着“村村通”的政策，村里集资修建了一条乡村公路。2011 年，又把新发现的一股清泉接进了村里，从此汽车可以开进村里，家家户户用上了自来水。

城则村有八千多亩荒山，山上生长着各种野生中药材，有车前草、葛根、柴胡、地黄、茵陈、威灵仙、刘寄奴、远志、丹参、金银花等，最多见的是连翘。每年春夏季，村人都会利用农闲空当上山去捋连翘，一斤连翘可卖三十多元。春天收的叫青翘，秋天以后收的叫老翘，一直到冬闲时节都有农民在山上采收。此外也有人家种植黄芩、鸡头参等中药材。黄芩三年一熟，一亩大约有千元左右的收入。冬天无事可做，有村民割了荆条编箩筐卖钱，一对儿箩筐可卖六十元左右。

早先的山上曾经有森林覆盖，有各种野生动物，如金钱豹、狼、花狸猫、狐狸等。人民公社时期，大队组织村民伐树烧木炭，一斤木炭可以卖两毛钱。为了这两毛钱，把山上的大树小树全部砍光了，所有的野生动物因为没有了生存条件，很快都绝种了。近些年浮山又长起了灌木，大多是黄栌、荆条。野生动物只有野猪和野兔存活了下来。常见的还有松鼠、黄鼬等小动物。如今野猪列入国家二级保护动物，没有了天敌，繁衍迅速。农民种的玉米、红薯等农作物如保护得不好，会在一夜之间被野猪糟蹋掉。据说也有花狸猫，但很少见到，其他的野生动物都没了踪影。

村庙在晋城方圆几百里内都很常见，通常是庙前住人，庙后筑坟。城则村也有着自己的村庙，这座庙据说叫保安寺，保安寺所有神像和庙门前照壁上的砖雕在20世纪60年代被捣毁。保安寺一度被作为小学使用，如今是神去庙空，青砖垒砌的墙也裂了缝隙，破旧不堪，存放着村里的一些杂物。

城则村的南头，在小会村的对面，曾经有一座二仙庙，据说庙里供奉的神仙一位是“秃姑奶奶”，一位是蚕神。本地人管蚕神叫“蚕姑姑”。又有人说供奉的是龙王，究竟是什么已经说不清楚了。

关于秃姑奶奶有一个传说，传说秃姑奶奶早先是一个秃头的小姑娘，早早没了爹娘，跟着哥嫂过日子。因为没有头发嫁不出去，哥嫂嫌弃她，让她干又苦又重的活儿，每天上山放牛的时候，必须把二斤棉花捻成线。有一天，秃姑把捻好的线放在碾盘上，不小心被一阵风给刮跑了，秃姑奶奶赶紧去追，追到大仙瓮就再也没有回来。村里人说是嫁给了大仙瓮的一条蟒蛇。秃姑奶奶的侄子听说了，就跑到大仙瓮看望她。走到悬崖边，不知道该从哪里下去，就大声喊着秃姑的名字。秃姑上山来接他，让他闭上眼睛，卷起一阵风把侄子带到大仙瓮，告诉侄子这里就是自己的家。侄子说想见见姑父，秃姑把他领进了水帘后面的山洞里，山洞后面一条白色的蟒蛇盘卧着在睡觉，秃姑说那就是你姑父。侄子一听吓坏了，嚷着要走。秃姑就送给他一斗黑豆，让他带回家去。侄子一路走一路抛洒着黑豆，回到家里只剩下十几颗了。秃姑的哥嫂说这不是黑豆，是黑珍珠，值大钱了。一家人连忙原路找过去，却一颗也没有找到。秃姑的哥嫂变卖了这十几颗珍珠，一下富了起来，村里的人们

才知道秃姑成了神。于是给她修庙造像，和蚕姑姑一起供奉了起来，这就是“二仙庙”的由来。村民说这个庙很灵验，有求必应。二仙庙虽被拆毁多年，但每到逢年过节，村民依旧会到二仙庙的遗址上去烧香磕头，送衣服送鞋，以求得到秃姑奶奶的庇佑。

村民用来祭祀神灵的花馍

和其他村庄的情况大致一样，城则村年轻一代有读了大学中专端上了铁饭碗的，有在外面给人打工或者做买卖的，有为了照顾孩子上学跟着去了城里的，平日常住的也就十多口人，很冷清，只有在寒暑假才能见到儿童的身影。一年中最热闹的时候是清明节和收秋。

城则村一样经历了工农商学兵全体总动员的大炼钢铁时代，

经历了“总路线”“人民公社”“大跃进”，经历了“包产到户”“农业学大寨”。上了一点年纪的村民至今还记得大炼钢铁时期的口号，诸如“卫星上天”“超英赶美”“过黄河，跨长江”。那个时期的城则村曾响应党的号召，在庙前老槐树下一块地里搞过亩产万斤的试验田：翻出一米多深的壕，把野青蒿轧碎了和牛粪拌在一起，翻一层撒一层，直到撒平为止，然后下上稠密的种子，结果因为下种太稠反而没了产量，最后以失败告终。老乡说：“当时的口号是‘科学种田’，其实一点也不科学。”

人民公社时期，城则村隶属于“柳树口火星人民公社”，公社下设有生产大队和生产小队。早年的公社书记曾经带农民修造过一条水渠，每天住在工地和农民同吃同住同劳动，非常辛苦，动用了各村大量的人力物力，用时三年多，眼看水渠快要

修成了，水源却断了，只好作罢。那条水渠如今还在，叫“三五灌渠”，大概是以第三个“五年计划”命名的。

三年困难时期，城则村粮食并没有减产，但却一样发生了灾荒。村民们说当时有粮食不让吃，都交给国家做了储备。储备的粮食都干了什么他们说不上来，只听说好像是给苏联还债了。其时的征购任务非常重，农民种田无论收成好坏，先得交够国家的统购任务，留下的不管够吃不够吃，有多少算多少。城则村的历史上还有过一个人一年只分给半斤麦子的记载。从那个年代过来的老人，都有着一肚子道不完的故事和吐不完的苦水，他们创造性地发明和发现了许多关于如何应对粮食不够吃的方法和手段，这些手段在今天也不时会拿出来使用，不过不再是为了充饥，而是为了调剂。

城则村在“大炼钢铁”期间，树木砍掉被国家收购了，农民家里棺材板、门板都被收了去。家家户户的铁锅铁铲全部被砸烂炼了钢铁。吃食堂的年月，所有人家的厨房全部断了炊烟。

城则村因为靠着浮山，山上有许多野生植物可用来充饥。村干部对群众也还比较关照，因此村民尽管生活穷苦，普遍挨饿，却还没有饿死人的现象发生。

城则村还有另一个村名，叫“新角”，或许是“新珏”也未可知，究竟是哪一个字村民们也说不上来了。城则村的村名源于一个传说，传说这一带原本比较平整。乾隆年间，当地县衙准备在这里修建城池，却因一次洪水暴发引发泥石流终止了。这次泥石流给城则村推出了一条深沟，成为了丹河的河床，城则村从此变得坑洼不平。近闻有专家考证城则为泽州古城垣遗址，所以称为“城侧”，久而演变为“城则”。民间传说不一定都是无中生有的杜撰。在城则村南丹河水库的上方与对岸的小会村边，有两座突兀的土锥，锥顶尖细，下面的土质多是河沙，证明了丹河水位曾经有过的高度。近闻有关历史资料确有丹河“倒灌晋城”的记载，那两座土锥应该就是大水冲刷后留下的痕迹。浮山所以叫浮山，或许是因为在某次泥石流中浮起来的一座山也未可知。城则一带土质酥松，比较容易发生泥石流，土里多有细碎的圆石头。许多地方一尺深的土下面就是大小不一的卵石，这些卵石外面包裹着一层土黄色的壳，猛一看像是料姜石，其实大都是青石。什么样的力量才能把原本棱角分明的石头磨成圆形，这些圆石头似乎在告诉世人，过往的传说或许是曾经有过的一段史实。

丹河和白洋泉河汇合后流向青莲寺方向，汇合处叫东交河，过了东交河约五公里左右，有村名曰西交河，现不知何故改为东焦河、西焦河。

丹河是晋城市境内的第二大河流，发源于高平赵庄的丹朱岭。曾经清澈的丹河如今污染十分严重，水面呈现出恶绿的颜色，污染严重的时候会泛起白色的泡沫，一团团破棉絮似的。据老乡说，曾经有几年河里一条鱼都没了，散发出的恶臭能熏死人。位于城则村河段有一座丹河水库，水大的时候会开闸泄洪，其时会有瀑布从坝上飞流而下，发出轰然的响声。经过近年的治理，污浊的丹河水开始有了鱼类生长，有不少垂钓爱好者常年在浮山脚下的丹河边垂钓。

村民告诉我说，那时候的丹河水叫个清呀，水势那个大呀。水里有鱼有虾，有老鳖，有螃蟹，有黄鳝，什么都有。从前人们谁在家里洗衣服，都是担上两箩筐脏衣服下河洗。洗衣服洗得累了，随手撩起来喝一口，甜丝丝的。洗干净的衣服晾在河边的大石头上，很快就干透了。如今的丹河水因为污染严重，那水不仅不能吃，也不能用来灌溉。2011 年的夏天，邻村小会有农民抽了丹河的水来浇西瓜地，结果那西瓜表面看上去还好，打开里面全是烂的。

流经城则村的丹河，河道中有三个深潭，分别叫大仙瓮、二仙瓮和三仙瓮，这三个瓮是当地一处标志性景观。关于三个“瓮”的由来，也有一个传说，说附近关公岭上曾有一座关帝庙，供奉着关公。关公负责看护河神，不让河神随便出来作乱。一天关公犯困，责成夫人替他值班，河神乘机装扮成一个乞丐走了过来。关公夫人没有看出来，就放他过去了。结果河神就发起了大水，淹没了周围的村庄和田园。大水惊醒了关公，关公拿起长枪连忙去追赶河神，在河床上连扎了三枪，没有扎住河神，却扎出三个窟窿，这三个窟窿就成了大仙瓮、二仙瓮和三仙瓮。关公一怒之下回去把老婆给休了，于是附近的山上有了一座 “休妻岭”。

和周边许多村庄的历史沿革一样，从前的城则本是一个功能完善的小社会，有木匠、泥瓦匠、油漆匠、剃头匠、教书匠、阴阳先生、大夫和兽医。村人修房盖屋、生儿育女、小病小灾、剃头理发都能就地解决。除此外，还有草台班和八音会。五十七岁的樊九生曾是一位八音会的乐员，会吹笙，识简谱。庙里的大衣箱还收藏着当年的戏装行头，其时村民们操办婚丧嫁娶，根本不用到外面请人，自己就都办了。这些功能如今都没了，看病要到城里去，理发要到城里去，买油盐酱醋等等一应生活用品都要到城里去。村里唯一会画描金漆柜的油漆匠也去世了，不少村民家里还有他当年的作品，如今这份手艺已然绝后。放羊的新富家墙上挂着两把胡琴，春生家还有一支铜管，但都已

弦断管锈，失去了实际的用处。如今继续使用的一些手艺只有编箩筐、绑扫帚，随着最后一代农民的离去，这些手艺也将消失。

城则村属于山地，一部分农田依旧要靠人力耕种。前面的人拉犁，后面的人摇耧，这种比较落后的农耕方式，依旧适合山乡小块土地。老乡说，地小就用人拉拉算了，土地面积大了，就要用牛耕了，再大的用机耕。城则村虽然地处偏僻，但在一定程度上实现了农业机械化。化肥也常常使用，只是自家吃的菜蔬一般是用牛粪、羊粪或者大粪，老乡们都知道化肥种出来的东西不好吃，而且对人身体不好。

每年九月，城则村漫山遍野的柿子熟了，红红的果实挂在枝头，一派画中景象。柿子有不同的品种，分别称黍黄柿、藕心柿、八月黄等。藕心柿中间分瓣，有黑色点状物，吃起来咯吱咯吱的；八月黄皮厚，耐贮存，比较甜，能做出高品质的柿饼；黍黄柿成熟时间最早，皮薄，个头也小，不耐贮存。

柿子不仅是村民的水果，也是各类鸟们爱吃的美味。树上残留的柿子是鸟们过冬的口粮。软柿子无法保存，只能当下吃掉，吃不了的喂鸡。本地人管摘柿子叫够柿子，爬到树上去一个一个地“够”，够下的柿子装进一种尖头细身的框子里垂下来，下面的人接了倒在地上，去掉多余的枝叶，装进箩筐挑回家去。这种形状特殊的箩筐是当地农民为摘柿子特意编造的，尖底，细长，便于在柿子树的枝桠中不受阻挡地上下穿行。

柿子采收一般都在霜降后，受了霜的柿子味甜也相对耐贮存。村民们趁柿子还不太软的时候摘下来旋了皮，晾成柿饼或柿疙瘩，或卖钱或送人或留下自己吃。届时会有小贩上门来收购。做柿饼是一件很辛苦的活儿，旋了皮的柿子整齐地码在笆上晾晒，晒到一定程度要进容器闷。闷好后要继续摊出去晒，中间断不可遭受雨淋。经过几闷几晒才能长出白色的柿霜，成为可口的柿饼。柿饼除了直接食用还可以做成各种小吃，常见的有油葛麻，蒸饺子，老乡们也常常用来煮软米甜饭。柿子，现在是农民调剂口味的东西，在困难年月却是救命的口粮。

扫帚是本村农民的经济来源之一。扫帚经过播种、间苗、打药，长成后割下来一车一车收回去，再一把一把捆绑好、晾干，然后每把两块多批发给上门收购的商贩。一千把扫帚能堆成一座小山，收入也就两千来块钱。秋天，家家户户早起晚睡在赶着绑扫帚、打豆子、种小麦，披星戴月，非常辛苦。早晨四点钟就要开始劳作，一直要忙碌到晚上八九点。吃不了的粮食卖了钱，最多卖个本钱。种庄稼不挣钱，甚至赔钱，这是一个全社会都知道的问题，农民对此怨气很大，说起早搭黑，辛

辛苦苦受来受去受不出个名堂。种一亩麦子，刨掉化肥农药，机耕收割等费用，算下来最多也就是个平账，所以种点差不多够自己吃就行了，多种多赔。说起来国家有补贴，可那点钱也就是个样子，不顶甚。

村里的人口在日渐稀少下去，村民对于传统的节日只是象征性地过一过。届时会蒸了花馒头，炸了油蛤蟆来祭神。二月二、三月三、四月初八、五月端午、六月六、七月十五、中秋节，但凡过节，一大早就能听到零星的鞭炮声。偶尔也能听到一群人哭号着进到村来，那多半是为故去的亲人过头七、三七、周年什么的。逢年过节村民依旧会到空荡荡的保安寺大门外或二仙庙遗址烧香叩头。每家院子里都有神龛。七月十五家家户户要为逝去的亲人送寒衣。四月初八是佛祖释迦牟尼的生日，嫁出去的闺女要给娘家送东西。嫁出去的闺女为什么要在这一天给娘家送衣服，没有人能说上缘由了，这个风俗如今已没有人遵循了。村民们只是受着传统惯性的左右，走走过场，讨个吉祥和心安而已。鞭炮也多为一百响的，不等回过神来就已放完了。

农村是民族传统文化的根，而这个根随着城镇化的加速和自然村的消亡业已断掉了。城则村至今能够挖掘到的民俗文化很稀薄。年老点的女人们还记得几首哄孩子的民谣，如：

说南乡道南乡，南乡有个王家庄。王家庄有个王员外，王员外有个好姑娘。正月里说媒二月里娶，三月里生下了一儿郎。四月里爬爬五月里走，六月里叫爹就又叫娘。七月里送她上学堂，八月里写下一文章。九月里上京去赶考，十月里中了状元郎。十一月带兵去打仗，十二月告假回家乡。正月初一就把命丧，一辈子没有喝过一口扁食汤。

月明月明光光，里面有个和尚，和尚念经，念给观音，观音打坝，打个葛麻，葛麻浮水，浮个小鬼，小鬼推车，一步一跌，跌出血来……

星星漫天，家家户户擀毡，甚毡，大红毡，小红毡，下河南，吃水饭，水饭甜，叫古鹅，古鹅苦，换豆腐，豆腐香，换辣酱……

季哒哒花满坡开，大娘想起姐姐来。打发哥哥去叫她，婆婆把着不叫来，甚会儿死了老棺材，丢丢塞塞走张来。

小板凳，格歪歪，我下河南做买卖。刮阵风好凉快，下阵雨赶快跑回来。

城则村所剩无几的村民在相继离世。润头大娘的老伴儿患脑溢血走了之后牛也全部卖掉了，从此城则村的晨昏里没有了牛铃声。放羊的新富两口子也都是近六十岁的人了，说等着把孙子的学供出来也不放了，放不动了。用不了多久，这座美丽的村庄将不可避免地人去村空。

杨柏大峡谷的尽头，在山西与河南交界的地方，有一个自然村叫后龛村，原先属于杨柏乡，撤乡并镇后现隶属于河北镇，这个村子如今只剩了一个村民。

后龛村

后龛村唯一的村民叫赵年荣，六十多岁，因腿部残疾终身未娶，一直和母亲相依为命。去年老母亲去世，剩了他一人靠政府的救济过活。

在公路的两边，一边是原村委的行政办公场所，一边曾是各类小卖部，如今人去屋空，冷冷清清。墙上写着“计划生育利国利民”的大标语依旧醒目。村务公开栏里张贴着一个村民因擅自点火被责令写的检查依旧清晰可辨。卫生所的招贴很醒目，门口有中国移动的广告。想必当年这里曾是后龛村政治经济文化的中心，应该是方圆一带最热闹的地方。如今，所有的房屋全部被废弃了，人去屋空，四周一片岑寂荒凉。

一只乌鸦沉着地落在木质的电线杆上，呱呱地叫了几声，看到我举起镜头，扑闪着翅膀飞走了。

家族是在历史长河中漂流的船只，船上的乘客就是一家人。祖父祖母，父亲母亲，伯父伯母，兄弟姐妹，堂兄堂弟，表哥表嫂是一个家族的不可或缺的成员。家族是社会的自然形态，是合情合理合乎自然大道的存在形式，因此从前移民是一个家族一个家族地移，于是才会有高家沟、李家村、张家峁。如今村民们搬迁去到哪里谁也说不清了，各家族的后裔们就此彻底打散。民间的族谱家谱大都销毁，姓氏庙号大多无据可查，乡村的宗祠家庙也基本消失，加之独生子女等因素，关于“家族”的“族”也正在或已经解体，以后的社会也许会有“家”无“族”，与“家族”相关的传统文化将因此彻底丢失。

说不清楚全国有多少农村的青壮年涌向了城市渐渐成为了城市居民，又有多少农村的儿童从上学那天起，就不可能再回到祖先们生活过的故乡。他们选择的道路，无一不是上大学、读中专，或者做保安、做清洁工、摆地摊、当保姆，最终留在城市做一名城里人。农民的后代选择做什么的都有，就是没有人选择继续当农民。

来到了赵年荣家，只见摇摇欲坠的房屋破败到几乎只剩了间架。满院子疯长着荒草，荒草中立着一个锅状的电视接收天线。赵年荣家里有邻村一位孤寡老人来串门，场面比我想象的要热闹一点。两位老人抽着烟，满屋里烟气腾腾。

赵年荣的家有一个小炕、一张旧木床、一只画着油漆画的箱子，中间的八仙桌上摆着一台 12 英寸的电视机，八仙桌两边是两只旧木椅，赵年荣就坐在木椅上。

紧靠炕的一头，有一灶石头砌的火炉，炉台上放着一碗黄澄澄的小米，火炉里烧着劈柴，火势正旺，红红的火苗蹿上蹿下，冒着一股木柴的香气。灶旁残破的土墙上挂着些常用的瓢勺锅铲。老人正在煮饭，揭开锅盖看了看，锅里煮着半锅土豆。土豆熬小米稠粥，是赵年荣的午饭，他说这锅饭要吃两三顿。

赵年荣家唯一的家具

赵年荣告诉我们说，电视是政府送给他的，去年过年乡上还送来一条棉被。他用手比画着：“棉被有这么厚。共产党好啊，共产党对我好。”

赵年荣双腿残疾，身边没有人照顾，有亲姊妹，但不在身边，有时候也过来看看。他说姊妹们看重的是政府补贴给他的那点钱，对他本人并不关心。老人说：“她们想要我的钱，我就是不给。”

赵年荣的家

从赵年荣的院子里走出来，在大峡谷的拐弯处，有一口天然水井，其实那是一个山泉的泉眼，这个泉眼的水旱不减涝不增。赵年荣拖着一条残疾的腿，每日要到这眼井上来取水。

拐过去，与赵年荣的房子相对的地方，有一座废墟，废墟边上巨大的核桃树遮天蔽日，四周散种着一些叫不上名字的树。那份韵致正是陶渊明《归园田居》一诗中的情景：方宅十余亩，草屋八九间。榆柳荫后檐，桃李罗堂前。暧暧远人村，依依墟里烟。只是不见了“狗吠深巷中，鸡鸣桑树颠”。

石头垒砌的废墟在斜阳下默默伫立着，赭红色的墙体，有一种颓井残垣的美。想象这里劳作一天的人们，曾经在夏天的晚上，头顶一轮明月，聚集在核桃树下，端着大海碗，家长里短，笑语喧喧……

村村通电了，也通路了，只是没有人了。

道宝河隶属于晋城泽州县山河镇，坐落在大山深处，紧邻河南地界。村名来源不详，据说后人嫌弃“盗”字不雅，遂改名为“道宝河”。道宝河村因自然风光殊胜，民居建筑颇具特色，远近游客慕名前来游玩者络绎不绝，游客中以河南人居多。

道宝河

道宝河以风景壮美而闻名周边，吸引了临近的河南人常来观光。村民对游客早已司空见惯，对我们的到来表现出一种淡淡的冷漠。

新年过后的道宝河，有一种热烈的死寂，热烈的是家家户户红红的对联，死寂的是满目司空见惯的荒凉，这份荒凉已成为当今农村的共同特点。许多人家的门上要么上了锁，要么用一根木棍斜插着别进门环里，表示这户人家没有人在。

远远看到一位身材高大的老农挑着两桶水走来。我问老人："您这么大年纪了还自己挑水啊？"老人说："家里没人，儿子过了初五就到城里去打工去了。"问知老人已有七十三岁，村里能见到的大部分都是这样的老人。

上午的阳光若有若无，山里的气温要比市里低得多，感觉很冷。

打麦场上三只狗撵着一群鸡，鸡们咯咯咯地惊飞疾走。高高的麦秸堆上有两只狗，大概是母子俩，一大一小，并排坐着，居高临下地对着我们狂吠。吠够了，静静地就那么坐着，旁边还有一只大狗只露着一只狗头。一束阳光透过云层正好射在金色的麦秸堆上，射在那三只好奇的狗头上。 不时有叮叮当当的牛铃声传来，还有牛的哞叫声、喜鹊在树枝上的欢歌声。路过一座牛棚停下来拍照，牛儿看着我一脸疑惑的表情。

对联、鞭炮、旺火，是当今农村依旧活着的民俗传统，就对联而言，只是一个红红的形式，缺少了曾经的讲究，没有多少值得玩味的内容，甚至根本无"对"可联，两句顺口溜而已，近些年连写对联的人都少了，多是买来的印刷品，形式花里胡哨，内容大同小异。

道宝河村有一条小巷，小巷逼仄。用石头砌成的路面和墙壁，有一种原始的古朴美。只是所过之处，家家关门闭户。按说正月十五没有过，意味着年还没有过完，可是道宝河已经异常冷清了。一户人家的大门口卧着一条黄狗，看见我走过来，把身子紧紧地贴在了墙根，眼睛里流露出绵善的恐惧。农村的荒凉让狗都没有了霸气。村里到处残留着一冬的积雪，屋瓦上的残雪显得条理而规则，成为道宝河村一道美丽的冬景。随处堆放着用来捣米的石臼，一斧一凿都是岁月的痕迹。

道宝河是一条季节河，据说在春夏季流量很大，河床穿村而过。

河边一户人家的木栅栏“吱呀”一声打开了，走出一个男人，手里提着一桶黄色的脏水泼进了河床，便知这条走水的河道也是村民平日倾倒污水和生活垃圾的地方。

树梢上偶见飘挂着被扔弃的破衣烂衫。

各色破塑料袋在寒风中瑟缩作响，这是当今农村司空见惯的风景，道宝河也概莫能外。

一家门前的石磨上贴着对子。石磨光光的，看得出依旧是村民不时使用的东西。

春节，从前是农民一年中休息享受的时光，是走亲访友、闹秧歌、点花灯、吃吃喝喝、热热闹闹的日子。现在不同了，农村的年味也被一浪高过一浪的现代化给“化”没了。村委主任说正月十四村里要唱大戏。可我怀疑大戏开了能有几个人前来观看。

道宝河村巷

拐过打麦场，见到了一点鲜明艳丽的色彩，那是一个小女孩身上的新衣服。一位七十多岁的老人领着孙女儿串门刚回来，正要走进自家的院子。这是一路走来所见到的最为温馨的一个画面。河床对岸一位老妇人头上蒙着头巾，手搭凉棚观望着我们。我喊着问她："老人家，中午吃的什么饭？"回答说："蒸饺子。"

路过一座柴门院落，听见里面有人说话，便打个问询走了进去。一掀门帘就闻到一股刺鼻的煤烟味儿。石头垒砌的屋子有上下两层，木板铺的天花板很低，屋里有三位老人。老头老太太是主人，另一位是来串门的，炕上一个十多岁的男孩子蒙着被子正在睡觉。老妇人在火边靠着一摞铺盖仰天半躺着，一只土猫蜷缩着卧在火炉台上。我有些听不大懂本地话，房东尽量用普通话和我拉呱。

问：过年儿女回来没有？

答：回来了，过年前回来放下些东西，说是过年要加班，就走了。

问：你怎么不跟着儿子去城里过年啊？

答：住不惯，一进楼门，咔哒一下就上锁了，和关禁闭差不多，有甚的意思。哪里像在村里，想去哪儿就去哪儿。我们这山里空气好，吃的水也好。

问：你儿子们还会回来种地吗？

答：不会回来了，在城里买上房子了。

问：那你们家的地以后谁来种啊？

答：管他甚的以后，走一步说一步吧。

问：炕上躺着的孩子是你什么人？

答：孙子。

问：孙子在村里住得惯吗？

答：住不惯，说是不如城里热闹。

问：你们村子里有什么古建筑吗？比如古庙什么的。

答：没有甚了，以前有座古庙，修得可好了，庙里有五六个人抱不住的古树，后来都弄没了。那庙要是在的话，可有看头了。古庙位置就在现在的大队。大队部那是后来又新修的，新修起来的可是不如以前的好，差下了。那棵老树修铁路时杀了，做了枕木。

道宝河的河床从村中穿越而过

石头世界

问：你们现在的日子过得比以前好了吧？

答：好，好得多了，起码能吃饱了。七十五岁以上的老人，每年还给六百块的补贴。

问：六百块够一年花销吗？

答：够来也不够，不要有病，一有病就不够了。

问：现在不是有医疗保险吗？

答：有是有了，也报销不了几个钱。

问：以前的日子不好过是因为什么？

答：家里人口多，粮食打不下，吃不饱。

问：现在呢？

答：现在好了，有化肥了，二亩地种出来的粮食比以前十亩地都多。

问：菜呢，也用化肥吗？

答：种菜不用化肥。

问：村子里可耕地多吗？

答：一人也就几分地。地远的，都没人种了，撂荒了。

……

道宝河村的村口有点过年的喜气。古庙的旧址上修起的新楼就是村委所在地。古庙所有的旧东西就剩大门上挂着的一块黑色的匾额，上面刻着“惟士为大”，说明了在这样一个偏远的山庄，曾经有过对“士”的尊崇。而“士”们却早已退出了历史舞台，成为一个书面的记忆了。

道宝河的村民似乎家家都养狗。这么冷的天，狗们卧在冰冷的门口，不辱使命。主任家的狗皮毛黑油油的，是土狗与藏獒杂交的后代，看着有点吓人。一位村妇蹲在大门口吃饭，旁边蹲着一只小狗眼巴巴地盯着她。

别有洞天

中午在主任家吃了瓜菜河捞，饭后跟着李前进师徒俩爬到对面的山上拍全景。遥遥望去，道宝河卧在四围大山中，静谧而美丽。

偶然有来走亲戚的人，给这个冷清的村庄增加了一点生气。农村如今也在追逐时尚，年轻人大多是紧身裤、高筒靴或者牛仔裤、时装包。

山坡上一位牧羊人正在放羊。问："老人家多大了？"老人打着手势，答："七十三了。"

有两三个十岁左右的儿童在打麦场上追逐嬉戏。

对于这些儿童，农村也许还能留下一些记忆和感情，再往下一代就不好说了。

梯田里的麦苗因为干旱而显得稀疏瘦细，生长在田埂上的野草却郁郁葱葱地绿着，竟然一个冬天都没有冻死。这样的草很多，但不知道叫什么名字。希望我们的农村和农民能如同这草一样，无论世事如何变幻都能顽强地生存下去。

想必草绿花红的春天，道宝河的风景一定美不胜收。

村委主任正在筹划开发旅游，但愿他们能如愿以偿，守住自己美丽的家园。

珏山村位于晋城泽州县著名的珏山风景区，破败的民房和景区华丽的建筑形成了鲜明对比。这个静谧的小村庄，并没有依托珏山景区的旅游业兴旺起来，一样的人去屋空。

珏山村

晨起，开窗望去，但见云雾迷蒙，又是一个阴霾的天气。

无数蝉鸣汇合成了一种腔调的歌声，如潮水，如雷鸣，滚滚而来。

蝉，用它们的大合唱告别着夏季。

刚立秋，早晚的凉意就明显不同了。

匆匆洗漱了一把，拎起相机走了出去。天空飘着丝丝雾水，山顶上的亭台楼阁若隐若现，看上去有点不真实。

黄栌叶片上晶莹的水珠，在天光下闪闪烁烁，珍珠一般，清丽可人。整座大山覆盖着浓郁的绿色，那绿色深沉持重，分不出层次，偶有几片泛黄的叶子在绿海中探出一两枝，看上去十分醒目。合欢树谢尽了绒花，结出的荚子已有拇指大小。沿途时有酸枣密密匝匝，一颗颗在榛莽丛里泛着青白的光泽。随处可见的柿子、核桃、大枣、山楂，沉甸甸地挂满枝头，都是清一色的绿。过些日子秋风就该给它们染色了。

珏山的植被大多是黄栌，此外也有许多不知名的灌木。在蓬着的野草上捋一把紫色的花絮，放在鼻子下闻闻，有一股类

似薰衣草的浓香。路过的老乡告诉我说，这种植物叫荆条，编筐编篓最好用。

举着相机，拍拍走走停停，一路呼吸着清新的空气，心中泛起些零散的诗句来。

不知名的鸟儿，撑开色彩斑斓的翅膀滑翔而过。荒草长势正疯，密密匝匝，无遮无拦，几乎覆盖了路面。山风掠过，叶片上的水珠纷纷落下，发出噼里啪啦的声响。有芳草的清香随风袭来，让我嗅到了江南的气息。时移物易，没注意什么时候起，晋城也有了江南的风情和湿润。杭州的梅雨季节每天都是这样潮乎乎的，还有那斑斑点点的苔藓和湿漉漉的空气……

山上走下来两名道士，头上梳着盘鬏，穿着对襟的中式衣服，绑着裹腿，边走边说着话。他们告诉我，这山上的叶子再过两个月就都红了，到时候整座山都是红色的，那时候拍出照片来才漂亮。

道士的话让我想起了木心，木心的散文是这个时代对文学的安慰。他在《枫树》一文中说，大自然一年四季的色彩分配

是有定额的，春天东一点红西一点绿，怕剩下的三个季节不够用，有些吝啬，尤其是那红色和黄色。到了秋天，担心再不用就用不完了，于是干脆滥用起来，浓浓艳艳，挥霍无度，疯了似的“不顾死活地要豪华一场”。珏山的乔木灌木们，正在耐心地等待着一年一度“不顾死活的豪华”。那时，红叶将铺天盖地，漫山遍野都是木心笔下的“疯树”。

晨雾笼罩着农田，破败的珏山村一片死寂，据说只剩下四五户人家了，这么美丽的风景区也没能挡住一个自然村的消失。那些摇摇欲坠的房前屋后种着些南瓜豆角，正在开着灿烂的黄花。大个儿的野蜂嗡嗡嘤嘤穿梭在花间，很有点荒蛮，好怕被蜇一口。村庄边上有些零星的玉米田、山楂树和核桃树依旧生机勃勃，笼罩在一片雨后空濛里。

我溜达着走进村里，看不到一个人影。随意来到一户人家，只见院子里杂乱荒芜，一棵有了些年头的梨树挂满了青梨，上了年纪的老妇人弯下身子在掰豆角。大黄猫懒洋洋地躺在废弃的石磨盘上，搭蒙着眼睛看看我，纹丝不动。门前放着简陋的小饭桌，煤堆上扔着些啤酒瓶子，老人抬头看了看我，见怪不怪地又低下头继续手中的营生，我问她：“你们家卖饭吗？”

老人说：“没有甚的饭，就是些面。”

我问：“多钱一碗？”

老人说：“五块。”

我又问：“现在有饭吗？”

老人说：“有冷卤面，你要吃的话给你炒炒？”

很久没有吃到农家的手工卤面了，我说：“那就给我来一碗吧。”

老人进厨房去弄饭了。我走到梨树下，摘了一颗梨子吃起来，梨子水很大，但还不熟，没有一点甜味。

一会儿工夫，老人端出一海碗土鸡蛋炒的豆角卤面，上面还撒了一把芝麻盐。我叫起来，说：“这么一大碗我怎么吃得了啊，快给你拨出些来，别浪费了。”

老人有些犹疑，说：“吃吧，才一碗饭。”

我说：“别怕，该多少钱给你就是了，吃不了怪可惜的。”

老人拿了一只空碗来，我拨出一半，黄猫看见我端起了碗，走过来蹭着我的腿喵喵地叫起来。我对它说：“猫咪啊，是和我要吃的吧。”夹了点儿鸡蛋扔给它。

平常院落

老人问我："你在上面住着？开会来了？"

我说："不是开会，来这里有事情。"

老人问我："你住的地方高级哩，舒服吧？"

卤面是地道的农家手艺，就是豆角吃起来有点酸，估计是隔夜的旧饭，我尝了几口都喂了猫。

我问："怎么村里没有人啊？"

老人说："都出去打工了，在外头有了住处，不回来了。"

我说："你为什么不把这房子好好修修，接待游客住宿也很挣钱啊。这么好的风景区，多少人想进来住还得花钱呢，你们放着好好的家都不要了，真是可惜啊。村里人就没有人想回来修房子吗？"

老人说："想修没那个力气了！年轻人都走光了，就剩下

曾经的烟火气息

四五户，还都是老人，谁能修得动啊。再说万一前面修起来，后面给你规划一下又要推倒了，都害怕哩。”

我说：“那是你们自家的私产，就是有人来规划买地也要你们愿意卖才行。哪里可能刚修好的房子说推就推了呢？”

老人异样地看了看我，大概觉得我有些幼稚无知，说：“不是那个说法，唉，都怕哩。”

说着话，猫也吃饱了，我给老人结了饭钱，走了出来。

路过一串院子，触目之处都是脏兮兮的污水和垃圾。在一间又脏又矮的土坯房里，一个农民系着围裙正在刷一只大铁锅，旁边的大案板上放着一大块揉好的白面。屋子里黑乎乎的，苍蝇乱飞。我停下了脚步，问：“你这是做什么呢？”

农民回答：“做饭啊。”

我又问：“给谁做呢？”

农民回答说：“给民工啊，你不看这山里正搞修建嘛。”

丢弃了家园，没有了土地，打工，做苦力，到处流浪，受人歧视，遭人奴役，把辛辛苦苦挣下的钱供孩子上小学上大学。学来学去，依旧不过是给人打工而已。

这就是我们的农民们当下的光景吧。

正是阴历七月。

这漫山的鸣蝉，这老树森森的村庄，勾起了我对《诗经·豳风》的记忆。一首《豳风》，把农家一年四季的生活全写到了：七月鸣鵙，七月食瓜，七月烹葵及菽，七月蟋蟀在野外鸣唱。九月天凉了，蟋蟀进入到家户，十月还会跑到床下去。老鼠也会钻进家里来过冬，所以人们要打扫屋宇，把老鼠熏走，用泥巴糊好门的缝隙，密封窗户，防止冬天的寒气窜进来。

春天来了，家家开始整理农具，准备下地春耕。女人和孩子在中午时分把做好的饭挑在肩膀上，送到地头田间。男人们端着米汤，就着咸菜窝头，一屁股坐在树荫下边吃边拉呱着家长里短。阳光很温暖，白天也渐渐长起来，黄鹂在枝头婉转啼鸣，姑娘们挽着竹筐，沿着小路到田里采摘桑叶。五月纺织娘弹响了后腿，发出喳喳的声响。六月蝈蝈颤动着翅膀鸣叫起来，八月的枣儿红了，野草也长足了。干完活回家的时候，会顺手割些柴火挑回去，高高垛在院子里，供一冬烧火煮饭取暖。

九月，天气越来越凉，该为家人准备冬天的衣裳了，女人们在紧张地纺麻织布，把织好的布染成黑色或者黄色。满村里响起了“砰砰”的捣衣声。修筑场圃，打扫干净，将谷子高粱、禾麻菽麦收上场，用连枷打出谷粒，摊开晾晒，把剩下的秸秆码好，不能让雨水浸泡了——那是牲口的粮食啊。忙碌着就进入了秋高气爽的十月，粮食晾晒好了，颗粒归仓，家家满囤满瓮，一年的劳作差不多也就完了——这大致就是《诗经·豳风》里的意思。

《豳风》描绘了古代中国农民的生活情状，描绘了农民们一年四季的生活情景，这样的情景仿佛并不遥远，仿佛就在昨天……那时候的生活固然很落后，很原始，烧柴煮饭，纺花织布，一切都靠手工劳作，但他们的生活是清澈明净的，是简单淳朴的，更是天然的、快乐的。农民们耕田而食，凿井而饮，与世无争，能够衣食无忧便是好日子……那如歌如画、恬淡淳朴、充满诗意的岁月，那和大自然高度和谐的田园风情，早已成了昨日旧梦，成了遥远的回忆……

雾气越来越浓，我向山上走去。山腰间的一块平地上，卖旅游纪念品的妇女摆好了摊子，没有人光顾就坐在那里煲手机，一只手摁在耳朵上，唧唧呱呱不知说些什么。零散的游人陆续走了上来，笑语声飘荡在步道的上空。山风骤起，沉沉的雾气氤氲叆叇，随风变幻着浓淡，那些高高下下的亭台楼阁，偶尔露出一角飞檐翘壁，如天宫显现。

要返身下山，突然下起雨来，紧一阵慢一阵。好在天气炎热，雨点打在身上尚不觉得冰凉。雨下下停停，我的脚下也紧紧慢慢，回到宾馆时已浑身透湿。

换了身衣服，坐在电脑前准备写一篇受命文章，却半天也回不过神来。想起了“七月流火”，想起了木心的《疯树》，想起了远逝的旧日时光，一念滋生便丝丝缕缕地萦绕开来，于是只好放下该做的事情，索性把这段文字写完。

窗外，蝉鸣如织，土槐树花事已了，正在默默地完成着大自然赋予的使命。

玛琅村隶属晋城泽州县柳树口镇，地处玛琅山顶。玛琅村玲珑小巧，视野开阔，村中分老村和新村，老村的屋子没人居住了。村中有一个古庙，坐落在村后，远看结构精巧，兀然独立于天地之间，走近才知已破败不堪。村民在新村修建了新庙，但毫无风格，与旧庙不可同日而语。

玛琅村

冬日上午的阳光很好，山岚近浓远淡，冬日的风光别有一番风情。

进到玛琅村，人迹寥寥，最早出来迎接我们的是一条大狗。大狗是黑黄相间的土狗，没有叫，只是走过来静静地看着你。俗话说，咬人的狗不叫，这只不叫的狗让人有些心惊。正在犹疑间，不知从哪家走出一位老农，说：不怕，不咬人。于是我开始向他打问关于这座村庄的情况。老农吞吞吐吐，不大情愿多说，我看出了他的不信任，只得出示了证件，并耐心说明来意，老农才放下心来，笑着说："现在村里不安全，老遭贼。村里没甚人了，还都剩下些老人，看顾不过来。今年夏天收秋的时候，全村人都下地去了，结果大白天就有贼把家家户户的门锁给撬了，都不知道是什么人干的，所以才不敢对你们说实话。"

我听了有些惊讶，没承想在这样的荒山僻壤处，竟然也会遭到有组织有计划的盗窃。这些年坑蒙拐骗偷的事件越来越多，越来越邪乎，也越来越高智商、高手段，令人防不胜防。

老农说："来这村里的人也都是看着有模有样，不像个坏人，可就是这些人不干好事，还都是开着车偷呢。还好我们村的人齐心，不像城里人东家不管西家的事，不然更不好办了。"

玛琅村的村民有姓张的，也有姓王的。整个村子分新房子和老房子两个片区，新房子大多在一进村口处，老房子在村子的后面。一棵老槐树被铁栅栏围了起来，有一根粗大的枝桠断折了，倒在地上。老农说，是秋天刮大风给刮折的。问这个村子有多少年头了，老农说不上来，只知道这棵老树已经有五六百岁了。老槐树下有一片房子没了屋顶，只剩了墙基和朽烂的窗框，在阳光下展示着司空见惯的荒凉萧索。

说着话，又走过几个老人来，年龄看上去有七十多岁。问到村民的祖籍，老人们也都不大清楚，听老一辈说祖上好像是明朝从洪洞县移民过来的，过来以后有的人留下了，有的分散了，有下河南的，也有到了其他地方的。告诉我前不久有河南人前来开发旅游区，搞愚公移山的景点，说是愚公一共移了两座山，一座是王屋山在阳城那边，一座就是这里的山，用手指指远处说："喏，就在那边。"

玛琅村的老房子大多是石头砌的，也有前面用砖，后面用石头的，看上去古朴结实。这些老房子虽然看着完好，但户户关门，家家上锁，没人住了。老农说："这老房子能住着呢，冬暖夏凉，都是二尺厚的石墙。放以前家里人口多，我们老一

农家小院

古庙屋檐上的瓦当

辈就在老房子里住了，新房子都给年轻人。现在年轻人都在外面，每家就剩下了老人在，统共也没几口人，就都搬进新房里了。”

提起村里的村庙，老农说村里修起了新庙，古庙不用了，都坏了。说：“古庙原来修得可好了，‘文化大革命’全毁了，丢下点东西也都叫贼们给偷了，没甚好看的。偷庙的贼都是晚上开着车来偷，把门口的石狮子抬走了，门框也全卸走了，都不知道是什么人干的。实在是看不住，后来政府给安装了一台监控。”

我们顺着老乡手指的方向往古庙走去。

远看古庙的建筑格局非常美丽，和周边的山色相映成趣。

走近一看，连门框都没有了，在门框的位置上填了些砖头维持着门的形状，里面空荡荡的，破败不堪。正殿的大梁东倒西歪杵在地上随意横陈着，其上的彩绘颜色还很鲜明。大殿门外的墙壁上有三面石刻，字体拙朴，内容依稀可辨。其中一面碑文题为“重立社规碑记”，文曰：“亮马社情，因本社每会社钱不齐，以致社首临事拮据滥慢神祀，获罪多矣。是以邀通社众共相拟议，重为整饬，并有定制。自此以后，凡有会事，无论大户小户，照社条示，各将社帑（？）亲自缴送到社，不送者罚油三斤，凡有一切账项不许抵兑社帑（？），违者罚油十斤，凡遇社事，社首不得妄（？）为徇私，犯者社众察出议罚。如有恃强不尊社规者，维社首送官究治，思之慎之，特此敬白。”文后为数十人姓名落款，玉工为“林全瑞”，文末为“清道光七年二月初一合社公立”。

通过这篇碑文，看到了一点玛琅村当年自治的一些情况，得知玛琅村在道光年间不叫玛琅，叫“亮马”。紧挨着的另一面石碑，记录了这座庙的建造时间：顺治十六年七月中开工，康熙元年盖完。时间推算下来，和老农说的那棵古槐树的年头应

道光年间的石碑

该差不多，碑文中记录了各殿佛名，什么人捐了金粧，什么人捐了多少钱以及发起人和建造者的姓名等等，落款为：康熙二十五年六月二十日丙子午时。这两面碑文的内容告诉后人，这座古庙不是庙，而是一座寺，由此，一个百年古村的历史轮廓有点清晰起来。

拍了几张图片，从老庙里走出来，见村里几位老者还在大槐树下等着，随口问起来他们每年的收入情况。老农说："没啥收入，一斤玉米一块零三分，能有啥收入。除了种点庄稼，什么资源也没有，就是山上有些野生药材，农闲的时候采一些卖点零花钱。还好现在年轻人能出去打打工，又不一样点。种地不挣钱，除了化肥种子外，最多也就能收个本钱。"

老人们告诉我，以前村里有学校，后来都撤并了。有到柳树口上学的，也有进到城里的。父母都跟着照顾孩子去了，女的做饭，男的打工。

一位戴着顶藏蓝色带檐呢帽的老人说："共产党的政策其实不错啊，免了农业税，给村里通电通水通路，前些时候又安装了太阳能照明灯，到晚上村里不再是黑乎乎什么也看不见了。没有学校是因为村里没小孩了，有孩子的话，也给配老师呢。学校的事不怨上头，怨村里没人了。"

玛琅村前些年在村口的上方修建了一座新庙，新庙新则新矣，却一无可看。村民说还是老庙的神灵验。

和老乡们告别了，往陵川的夺火方向走去。回头看看美丽的玛琅村，想起了三中全会提出的"农村自治"，但不知实行自治是否还有相应的基础。

一年前，听到一位画家朋友说起庞庄，说他曾在这个村子写生，住过一宿，村子不大，很美，很古朴。由是，庞庄这个村名在心中留下了印记，一直想去亲看一眼。

庞　庄

2013年的初冬的一个周日，大风刮得昏天黑地，视野中一片灰蒙蒙的。雾霾，成为了近来使用频率最高的热门词汇。

忙完了一本杂志的修改后，有了空闲。听着窗外的风声，我又想起了庞庄，于是，顾不得天冷风大，打问清具体方位后，迎着一路翻飞的落叶，驱车向庞庄出发了。

庞庄位于沁水和高平的交界处，如今隶属沁水胡底乡。过了高平放马岭，就进入了沁水的地界。一路上沿公路边看足了新农村的粉墙新楼，沿路向老乡打问庞庄在哪里。老乡问，去庞庄找谁呢？我们说不找谁，就去看看。老乡说，庞庄不剩几户人家了，荒了，没甚好看的。就在胡底后面，过去就是。

乡下的天空被大风刮出了蓝色，大气通透，正是拍照的好光线。

走到胡底，向右，拐进一条小路，被一座新旧参半的小小门楼挡住了去路，按老乡的介绍，过了门楼就是庞庄了。车是走不过去的，我们把车停在门楼外面，步行走了进去。

沿着门楼后面的一条坑洼不平的石径，走了没几步，又是一个破旧的矮小门洞。门洞由石头砌就，看上去有了些年头，充满地老天荒的落寞。走过门洞，庞庄的真容展现在了眼前。画家口中美丽的小村落，已然成为一片废墟。村口屹立着一棵古槐，被一圈铁栅栏保护了起来，树身上钉着一块铁皮做的牌子，上面的文字说明这棵老槐树有1200年的树龄，由此可以想见庞庄的历史。

整个庞庄布局天然，很有格调，错落有致。村子里到处是参天大树，遮云蔽日，但完整的房屋已经很少，大多只剩了断

千年古槐

壁残垣，覆盖在荒草和杂树中。村里的建筑有四合院，也有窑洞。有一个院落的几间房子还算完好，墙上放置杂物的壁柜大开着两扇木门，有楼梯从炕上通往阁楼。房子的根基处全由漂亮的条石垒砌，看上去结实而厚重。雕花窗户很完整。屋子里的桌椅都还在，地上放着几只装粮食的筐篓也很新，看得出不久前曾有人居住。

两位年轻妇女走了过来，以为是本村的村民，一问才知是河南民工。她们在这里修建一条高速路的涵洞，这条涵洞从庞庄村边通过。

庞庄太小，不大一会儿就走完了整个村庄。尔后沿一条小路走到了山上。站在山上俯瞰庞庄，可以看到整个村子的全部轮廓。拍照间过来一位当地村民，才知这个村子一个人都没有了。原来还剩一位老人，这位老人不久前也去世了。老乡说，庞庄人搬迁的时间早了，二三十年前就开始陆陆续续搬了。搬下去的新房也翻修了两回了。

老乡告诉我们，这个村子的人家有李姓和张姓两大姓。别看村子小，原先的人口可不少，有将近二百人，分两个生产大队。这个村里曾经出过一个高级干部，姓李，是位中央委员，如今也退了。你们看到村口那座门楼了吧，那座门楼上面的一层新阁楼和河滩里的堤坝都是这位官员出资修建的。庞庄搬出去的人都到了下面，和胡底合并了。

雕花木窗

老乡说的下面就是胡底乡，远处看过去新崭崭白刷刷的一片。房屋大多建在临近公路的河滩。河叫庞庄河，是一条季节河，每年夏季雨后有水流过，平时也就一条乱石河滩。

我问："住在河滩里四面不靠，你们就不怕发大水吗？"十多年前沁河发大水的事情我是听说过的，很可怕。

老乡说："不怕，如今水不多。就是有也不怕，有坝拦着呢。"

我说："那你们庞庄村就这么不要了吗？"

老乡说："要啊，是谁家的还归谁家，怎么能不要呢？"

我说："这么好的地方，整理修缮一下可招揽城里人来休闲度假，不比这么荒着好吗？"

老乡说："也有人愿意来开发，可是村民们意见不一，农村的事情不好弄，弄不成。"

老乡说，去一个新地方都要盖房子，大梁檩条弄下来还能用，都拆走了，所以房子都破了。原来的旧房子是一尺六的墙皮，只有前面是砖墙，另外三面都是土坯。新房子没有老房子厚，一尺二的，可用的都是砖。

伫立在河滩上的新房子紧挨着公路，交通比原来要方便一些，却远没有窝在山洼里的稳气藏风，也没有老村子高低错落的美感。老树老房子所蕴藏的那份历史厚重感是新农村不可能有的。

问老乡："庞庄有古庙吗?"老乡指指远处一座院落，说："那就是。里面没东西了。"

山上的风格外地紧，厚厚的棉衣挡不住狂风的凌虐，感觉整个人要被刮飞。

庙门大开着，门前有一片收割过的玉米茬子，院里是荒草盖地、房屋倾颓。残墙上隐约可见"管理"二字，说明了这座村庙曾经有过的用途，而今已一无所有，也一无可看。

段河村，地属晋城南岭乡。多年前在《太行日报》工作期间曾在剧作家李小猫的带领下，和文友一同去过一次。那里精美的建筑、古朴的风格、青石铺成的街面，以及残留下来的华美石雕、砖雕、木刻，给我留下了深刻印象。

段河村

摇摇欲坠的阁楼

印象中的段河村玲珑小巧、布局紧凑，背靠一座万仞高山，村前是一条季节河的干河滩。整个村落建筑风格统一，一律的砖木结构，一律的四合院小阁楼，一律的青砖青瓦，参差错落地镶嵌在蓊郁的绿林中，散发着旧时月色的气息，蕴含着岁月赋予的沧桑与厚重，如同一本残旧的线装书般耐人寻味。

许多年过去了，每每忆起，心心念念地总想再去看它一眼。

从杭州回到晋城后，偶然的机会结识了李小猫的夫人段小拽，谈起十多年前小猫带我去过的那个小小古村落段河，才知道段河村就是小拽的娘家。于是约好了时间，带着家人，在小猫夫妇的带领下做故地重游。

然而，时光仅仅过去了十多年，这座美丽的村落已经面目全非，许多阁楼看上去摇摇欲坠，石头堆砌的台阶也松散凌乱，充满了荒凉破败，青石板铺就的街面被淤泥遮盖了大半。路边墙角，到处是疯长的萋萋荒草，有一种蒲松龄笔下的鬼狐之气。村中没有了青少年和儿童，许多人家迁走了，年轻人大都去到外面打工，只有二三十口中老年人还留守在这个村子里。

见小猫两口子回来，村人热情地招呼着，有老乡把刚做好的蒸饺子用塑料袋装了送出来塞到小拽手里。饺子的味道很好，纯粹的菜馅，是久违了的农家风味。吃过饺子，小猫领我们去从前的财主家寻找记忆中的痕迹。

财主是当年的一位富商，在南方经营盐业发了财，回到家乡修建了这座豪宅，而这座豪宅曾经的富丽堂皇如今只剩下了一点影子，精美的木雕门楼被彻底端掉了，取而代之的是粗糙的砖头石灰。曾经的雕梁画栋只留下些石础、石雕和糟朽的门扇窗框。院子里堆放着一些精雕细凿的石条石板，小猫介绍说：“这些雕刻非常讲究，一寸17刀，不信你数数看，这么精致讲究的建筑工艺如今是绝对没有了。”我顺着小猫的指点仔细看去，见那雕痕细如麻线，匀称而紧凑，大概“匠心独

精美的门窗

精雕细琢的芸窗与门槛

具”说的就是这个意思吧。

堂屋的门槛，还是原来的旧物，青石雕着三朵叫不出名字的花，中间六瓣，两边是四瓣，有叶片蜿蜒缠绕，说不清这样的花瓣有些什么讲究。门框两边的础石，经过多年的风雨剥蚀，花纹的线条已然圆润平滑，但依旧清晰分明，残留着当年的富贵气息。堂屋对面的房子，保留着从前的芸窗，芸窗上的窗格有些破损，图案却还完好。支撑梁柱的石基上，精雕细琢出的图案，线条细腻、精美绝伦，依旧清晰完好。大门口的照壁上留着一围镂空砖雕的遗迹，看得出是喜鹊登梅和鹿回头的图形，镂空部分有尚有一点残留的边缘，悬挂在原来的位置，如同一缕不肯离去的灵魂。挂着箩筐的墙壁上还有 20 世纪 60 年代的红色标语：“永远跟着毛主席闹革命！”如今已成为历史遗迹。

一边看着一边叹息着，叹息“文革”的浩劫竟然连这么一个偏僻的村落都不能饶过，感慨民居建筑的传统格局转眼灰飞烟灭，从此再难恢复。一位腰里系着围裙的中年妇女走出来给我们介绍说：“当时不这样做不行啊，上面有指示，分配有任务呢，要求人们必须破‘四旧’，不破就是反革命，谁敢不听呀。”我听了无言以对。不无言又能怎样呢？历史就是历史，任谁也无法改写。而段河村因为居民的日渐减少，注定了会在不久的将来，或者根本用不了十年，就会成为一片废墟。而古村落的价值如同北京的四合院，一旦消失就不会再生。许多东西都失传了，该保留的东西没有人去保留，而不该破坏的依旧在继续破坏着。四合院消失了，古村落也行将彻底消失，耕读传家已经成为往事，那些美好简朴的生活方式伴着农业文明的衰亡正在退出历史，“蔼蔼远人村，依依墟里烟”的美景还有几许？那些整齐划一的新农村，新则新矣，却远离了自然大道，美感荡然无存。苏轼笔下“簌簌衣襟落枣花，村南村北响缫车，

石础

毁于“文革”期间的影壁砖雕

牛衣古柳卖黄瓜”写出了农村绝美而天然的诗情画意和恬淡平和的生活情状。“斜阳外，寒鸦数点，流水绕孤村”，这样的风景，如果没有了“孤村”便失去了依托，失去了主题。那孤村一定是参差错落，自然形态的。

从村里出来绕到了后山，满眼是荆棘裹着的嶙峋石头，一条荒芜的石径，曲折蜿蜒通向山顶。山岩陡峭险峻，拔地而起。篱笆后面的地里种着些棉花，地堰边上有几棵柿树，挂着满树青青的果实，清新的空气传递着野草的清香。小猫一路走，一路给我介绍着山上的植物，指着一丛灌木说，这是黄栌，可以编箩筐，说有时间了一定给我编一只箩筐玩儿。一句玩笑话，把我拽回到了童年，回到了那个央求着大人给我编柳条筐，然后给筐里掐满各种野花，兴高采烈地拎着疯跑、疯跳、疯叫的童年……

和小猫是多年文友，是在晋东南地区一次现代戏曲调演的剧本研讨会上结识的，算起来已有三十多年了。我们相交甚淡，淡如水之淡，多年没有联系，再见面却依然如故，仿佛时光并没有流逝，但凡君子之交应该如是的吧。如今的小猫也已人到中年，开始怀念农村的简朴生活，一家人以吃野菜粗粮为乐事。在他两口子的带领下，丈夫和女儿在山上拔起了野韭菜，兴头十足。那野韭菜香味扑鼻，绝不是菜市场大棚菜能够相比拟的。

农村是人类和大自然相处和谐的生存方式，从前许多达官贵人和大贾富商，之所以退隐后要回归故里，栖身“林下”，皆因他们那颗在仕途和商海中奔波了一生的心累了，需要静养，需要休息。而这份静养和休息只有山村的明月清风、蝉鸣蛙鼓才能给予，因此才有了南方的拙政园、个园、网狮园……北方的王家大院、常家大院、乔家大院、皇城相府……从前的农村有竹芦茅舍，也有华屋广厦，可以清山淡水、老槐古井，也可以富丽堂皇，美轮美奂。而今的农村，却贫穷落后，令人逃之唯恐不速、避之唯恐不及的地

磨盘石径

方。在偏颇的价值观误导下，几乎所有的农民都把逃出农村作为一个终身奋斗的理想，不惜倾家荡产供养儿女上大学，就是为了能让后代走出农村，走进城里。那些富有历史价值的古村落，其民居建筑、风土人情、传统习俗，承载着历史文化，培育过精英人才，而今普遍面临着被废弃的命运，除了极少数幸运者成为文化标本，供后人游览参观外，大多数都将自生自灭。农民后继无人，农村没有了未来，不知该说是可喜还是可悲。

下山的路上，小猫拔了些土话叫鞑鞑谷的野菜给我，说开水焯了，用蒜、醋、香油和咸盐拌了很好吃，回到家中如法炮制，果如其言。而用野生韭菜剁了肉包出的饺子，味道更是鲜美无比。这样原本寻常简朴的家常生活，如今却成了城市人的奢侈，于是更加不明白社会究竟是进步了还是退步了？生活在现代的人们想要的到底是什么？

寺南岭隶属陵川县夺火乡，初见寺南岭很有些吃惊，没想到在人迹罕至的荒僻乡野竟然隐藏有这般富贵之乡。高大华丽的建筑重门叠户，许多石雕砖雕木雕尚保存完好。

寺南岭·常家大院

寺南岭隶属陵川县夺火乡。

冬日赤裸的黄土地，一层层齐整的梯田蜿蜒曲折，绵延起伏，包裹着一个甚是气派的古村落。这座古村落在参天老树的掩映下，一色的青瓦青砖，惹人遐想。

寺南岭村的上方，在紧挨公路的村口边，有一处旧建筑，却不知是做什么用的。里面空空如也，只有正门廊下的一副石雕对联完好无损。胡乱拍了两张图片，向村里走去。

村口，七八位中年农民在阳光下扎堆儿闲聊，这场景让我觉得有点稀罕，遂停了车下去和他们打招呼，说："这个村子不错啊，竟然还有你们这么年轻的人。"众人说："我们也不年轻了，都四十多岁了。"

我说："四十多岁不算老啊，走了许多村子，你们是我见到的最年轻的村民。"

众人听得呵呵笑起来，说他们是在村里的蘑菇生产基地打工，所以没有走。就在他们蹲着的不远处，有一个挂牌的蘑菇生产加工厂，这个加工厂同时也是村委办公所在地，门口挂着许多牌子，囊括了一个村子所有的职能部门，包括民兵连。人们告诉我说，这个村子的人多数姓许，也有姓常的。姓常的是当年的有钱人，村里还有常家三进院的老房子，不过没有什么人了。

顺着村民的指点，一路寻访了过来。最先映入眼帘的是一个大戏台，看样子年代不很久远。戏台的错对过是一家祠堂，祠堂是一座老建筑，木雕上涂了些花花绿绿的颜色，墙体粉刷一新，掩盖了古旧的真容。

常氏家族原本完整的大院被分成了好几家，院子里放着一辆三轮车，到处是零乱的杂物。最为惹眼的是考究的拱券形石雕门窗，雕花木框已然残破，上面的对联横额积满了灰尘。

镶在墙上的砖雕

门里走出来一位端着饭碗的村妇，问我们："找谁?"我说："不找谁，看看你们的老房子。"问他们知不知道常家的先人是做什么的，女人回答说："我们不太清楚。听上辈人说，好像是当过一任伪县长。这房子是'土改'的时候分给我们家的，以前的事情都也不知道些甚了。"说着话，从对门出来一位

房檐下讲究的花边

六十开外的村民，脸颊消瘦，五短身材，表情和善，穿着一件蓝涤卡的中山装，手里端着一碗面条吃得吸溜吸溜，边吃边对我说：“别看常家是有钱人，但是对老百姓好，行善积德的事情做了不少。村上有谁家过不去了，只要找到门上来，都会帮助。家里有了打石头、凿磨的活儿，都叫村里的穷人来做，让他们挣点钱养家糊口。”

常家大院的木雕与石雕

这位村民对于过去的事情也说不上多少来，看他的年龄有六十开外，应该是“生在新中国，长在红旗下”的一代，再远的事情不大可能知道。如今在农村能说清楚这些掌故的老人们大都已经仙去了。

我问：“常家这么大的家业，‘土改’的时候没有当了

石砌椭圆门

常家大院的后门

地主富农？”这位村民说：“没有，就是因为他为人好，所以大家伙没有给他定高成分，大概就是个中农以上的……也就是个富裕中农吧。”

我问：“常家有后人在村里吗？”老人说：“后人来也有，不过都在外面，村里没有甚人了。”

从大院走出来，看到一面造型格外独特的大门，不同于常见的月亮门，通体椭圆形，精致典雅，有一种别出心裁的美。很想进去看看，却大门紧锁，隔着门缝只能看到一堵照壁。此时才明白了照壁在农村传统民居中的作用，那就是不让外人一目了然。村民说这院子早已经没人住了。

顺坡而上，从背后看到了常家大院的不同凡响。高大豪奢的建筑群高低错落地连成了一片，保留了当年的气派和辉煌。

那些镶嵌在屋檐下的砖雕，精致细腻，依旧完好无损。

顺着这组建筑群翻过去，走到斜坡的下面，一位四十岁左右的女子站在铁栅栏式的大门外，好奇地问我们干啥的，我则反问她知不知道常家后人住在哪里，她说她就是常家的后人，是常家的重孙辈。我很高兴，拉着她的手，说："终于找到一个常家的后人了。"想着也许能从常家后人的嘴里了解到一些陈年旧事。走过来一个村民，问她："甚事了高兴的？"常家后人说："没事，人家说了，终于找到常家后人了。"说完咯儿咯儿地笑起来。

她告诉我说，现在住的这串院子，是常家当年的仓库，是她祖奶奶出嫁时候的陪嫁。"土改"的时候，常家的房地产分给了贫下中农，常家就住到仓库里来了。我仔细看了看房子的结构，倒也宽大结实，却没有任何艺术装点，寻常光景而已。

问不出多少情由，多少有点失望。和常家后人告别了，在村里继续随意转悠，冷不防冲过来四五只大狗，狂吠着包抄了上来。正在张皇失措间，听得有人在背后大声吆喝，吆喝罢对我们说："不怕，都是些看羊的狗，不咬人。"狗们不再做进攻状，不情愿地跟着主人走了，一边走一边不甘地回头张望。

在一座高大的门楼前停了下来，此处豪门大宅的气象让我觉得不虚此行。门额上悬挂着"与德为邻"的古门匾，门前两座门墩石上的狮子脑袋和身子都被敲掉了，石墩上纷繁复杂的雕刻依旧清晰，一面写着"雪满山中高士卧"，一面写着"山水事（？）清音"，记录了当年作为一方乡绅的常家对文化的追求和儒雅的品位。正举着相机拍照，从里面惊飞疾走出五六只土鸡来，叽叽呱呱的鸡们后面紧跟着一位四十多岁的男人，圆脸，中等个，正是这家院子的主人。我向他说明了来意，主人很高兴，带我们走进院子里，介绍说：“这房子以前的石雕可好了，我家堂屋的压窗石上原来雕有‘二十四孝图’，那手工可精细了，你没见根本想象不出来。后来翻修房子，我拆下来扳在院子里，那石头真叫个好，又厚又长。后来有人来说要买，我就给贱卖了。以前咱不懂这就是文物啊，现在后悔也没用了。你过来拍拍这块挡门石吧，这个东西还好着呢。”说完带我走到自家门前，指着给我看。我蹲下身去，见一块雕工精细的挡门石板上，竟然还嵌有一副对联，写着：花落家僮未扫，鸟啼仙客犹眠。

主人说：“这房子以前是常家的，因为我爷爷当年在解放

常家大院一角

外墙上被毁损的砖雕

门墩石上的大象浮雕

战争中牺牲了，上面为了抚恤家属，把这房子分给我家了。院子里不止我一家，还有另外两家。原来可好了，门口的石头上两边都有石狮子，活灵灵的，‘文化大革命’全给砸了。现在墙上的砖雕能保存下来，是当时用泥巴给糊住了，不然也没了。”

屋主人又带我拍了他家门墩上的浮雕，一边一只大象，在中午的阳光下，立体感非常强。我叮嘱他说：“现在农村失盗的情况非常严重，你还是把门口的石雕看顾好，别让人给偷了。”屋主人叹了一口气说：“现在农村都没人了，剩下的都是妇女老人，不要说看家，真来了什么坏人，害怕都来不及呢，

挡门石上的文字：花落家僮未扫，鸟啼仙客犹眠

人家要偷就偷吧，这也是没办法的事情。你们来的时候看见一个老旧的房子吧，那是当年的官衙，原来也是方方正正的一个完整建筑，后来修路给拆了一半。正殿门前原来有一对石狮子，足有一米多高，也被人偷了，听说是本村人伙同盗贼干的，卖了不少钱。现在这风气，怎么说呢，不能提了。”经他这么一介绍，我才知道了在路边见到的旧建筑原来是当年的衙门。

在村民的指点下，造访了寺南岭的村庙，只是庙门紧锁着，只能看到里面一棵高大的老树。门前乱石横陈，两块门墩石上有些模糊不清的雕花。向附近一家老乡打问，想知道这是不是寺南岭的“寺”。一位五十多岁的村妇，胖胖的身材，肉泡眼皮，撵狗似的说：“不管你们是干甚的，我们都不欢迎。出去，出去，别进来。”

旁边一位农民说：“都是被偷怕了。”

离开寺南岭，继续向下走去。

2013 年的冬天，小雪过后，气温骤降，一场大风扫净了多日的雾霾。风停后，气温回升，大气通透，竟然风和日丽起来。这样的好天气不可错过，周六日，和丈夫驱车向陵川的夺火乡走去。

冯家湾·夺火·黄家营

沿着玛琅山坑洼不平的盘山公路七拐八绕地走到了柳树口，路面显得平整起来，一条漂亮崭新的县级公路横陈在山间，随着平缓的地势伸向远方。极目处，视野开阔，群山的皱褶在冬日的阳光下呈现出一派苍茫，山色渐远减淡，与天相接，一派水墨画的色调。

冯家湾　在静静的山间奔波了几十公里后，沿着路边的一条小路，进到一个村子，村民告诉我说这个村子叫冯家湾。

冯家湾大都姓冯，也有几家杂姓，先人是从河南逃荒上来的。

一位妇女约莫有四十岁，挽着袖子正在院子里用洗衣机洗衣服。妇女对冯家湾的历史说不上多少，只记得三十多年前嫁到这个村。告诉我说村里的年轻人都去外面打工了，村里有二百来口人，留在村里的也就五六十口。秋收前大多在家务农，收完秋才出去打工。

冯家弯一角

村里的房屋远处看很整齐，一派新气象，走进来才知那新气象是白粉和红粉涂出来的。经过这么一粉饰，看起来似乎不那么破烂了，其实并没有实质性的改变，一切照旧。

散养的土鸡咕咕咕地在杂草堆里刨食，谁家的小黄猫躲在水洞里探头探脑地打量着来客。有几个八九岁的学龄儿童在院子里玩耍，这少见的场景让人想起了今天是周日。

一座古庙建在村庄的至高处，远看气势不凡。近前看去，大门有些简陋，看上去年代不很悠久。基石上刻着些乱乱的花纹，门楣上的四个字清晰可辨："即是灵山"，很像电脑系统里中规中矩的魏碑。里面和常见的状况一般无二，空落落的一无所有。廊檐下木雕的装饰残败了，正殿堆放着些木料，雕花柱础还算完好。从庙里走出，迎面碰见一位老乡肩膀上扛着几根细长的木棍走了过来，说："这庙门怎么开着呀?"放下木棍上去把门给锁了，看得出对我们有着明显的不信任。问了他几个问题，都答不上来，说是有事情要办，走了。

从庙里出来，感觉整个村子没什么意趣，随便拍了几幅图片向停车处走去，就听见有三轮车的喇叭里喊着"橱柜，碗柜"迪迪哇哇地进了村，在村口停了下来。原来是来自河南的商贩向村民兜售橱柜碗

村庙石柱上的雕花

柜。一时间花花绿绿摆了一地，制造简单，款式简陋，老土的色调。有二百元一个的，有一百元一个的，价格不等。这种东西在市里的水陆院，最多就是几十块的价格。

陵川距离河南的修武很近，河南人到山西来做小买卖很多见。村民们陆续围了过来，却看得多，买得少。

走出冯家湾，向夺火方向走去。

夺火　夺火是陵川的一个乡，三年前曾经来过一次，清一色的石头老房子和老房子里几位满脸皱褶的老人给我留下了深刻的印象——石头墁的院子坑洼不平，湿漉漉的，弥漫着清冷的冷清。面部的皱褶像石头纹理一样的老人，堆放在屋子里的煤炭，满家的硫黄味道——这次见到的夺火，外观上有了粉刷出来的崭新。漂亮的公路上方，一座古老的庙宇孤零零傲然而

夺火古庙

立。下面是乡政府所在地，还有了三五处“农家乐”，人来客往，热闹了许多。

村边，一群老乡在冬日的阳光下扎堆儿闲聊，告诉我说，夺火注册的人口有八百多，但实际上也就二三百人。原来有高中有初中，后来都撤走了，只有一座小学了，学生大约也就一百多个。有从附近的村子里搬迁来的人，没有地种，来了只能给人打打工。近几年人口一直在减少，北面的去了晋城市，西面的去了陵川县，南面的下了河南，不过好在是个乡，比其他村子又强多了。

黄家营 陵川山里的天空，蓝得有些失真。在蓝天下的路边上，静静地伫立着一片废墟，这片废墟虽然没了人气，但依旧被粉刷得雪白。村子不大，看上去曾经有过几十户人家。路边有一座石头砌的蓄水池，完好如初。池中的水结了冰，但那淡绿的颜色说明池水很清澈。有一户人家门上挂着门帘，我们以为还有人住，走近窗口一看，里面不过堆放着一捆捆胳膊粗细的木头，那是新砍下来的灌木主干，不知做何使用。村里的房屋大多完好，村落的后面紧靠一座原始森林，有几块狭长的耕地残留着收割过的玉米茬子。虽然没人住了，但地还有人种着。整个村子淹没在乱树杂草中，有点诡异和神秘。

阳光下，老房子白得刺眼。

山上的松柏郁郁葱葱，在冬天灰塌塌的山野间洋溢着一派生机，想起孔老夫子说过的话：“岁寒，然后知松柏之后凋也。”

从玛琅山上绕下来，过了龙王山，在距离凤凰欢乐谷大约七八公里处，远远瞭见一座精美绝伦的小村子，伫立在道路的左上方，整齐、精致、完好，由不得感喟起来，为终于见到了一座像样的村落感到欣慰。

窄相·碾帮水·报双村

上窄相　村里走过来一位老农，于是停了车，向他打问。老农说，这个村叫窄相村。窄相分上窄相和下窄相，老农住的这个村子叫上窄相。上窄相多数人姓崔，也有姓翟和姓侯的，祖上是从河南逃荒上来的，从河南哪里来的说不清了。原来有三百多口人，现在只剩下十来口了。老房子里只有两三户人。年轻人都走了，有去了县城的，有下了河南的。“不走不行啊，小的没学上，大的说不上媳妇，不走怎弄哩。前些年还有几十口人，这些年死的死，走的走，空了。”

问到他家的孩子，说：“孩子们在县里的一个小区买了房子，不回来了，家里就剩我和老婆了。”

说话间又过来一位老人，七十多岁的样子，插进话来说，村里没人了，都走了，都在外面有房了，不会回来了。

我问他们：“孩子们在县里买房子需要多少钱?”

上窄相

老人说："得个三四十万吧。"

我问："你们哪来的这么多钱啊？"

老人说："卖粮食，卖核桃，栽培木耳，外出打工。他们自己也挣的些，家里再凑些。"

我问："你们为什么不和孩子们一起生活？"

老人说："他们刚到了城里，生活紧张，还要靠家里供应吃喝。我们在家里种点粮食好帮补他们，都去了住不起，再说住着也不习惯。"

我问他："前面那个黄家营为什么都没人了？"

老人说："村里原先有十来户人家，后来慢慢地人少了，就都搬走了。有到夺火的，也有到县里跟着孩子们一起过的，还有搬到其他村的，七零五散，去哪的都有。"

我问："你们村吃水方便吗？"

老人说："方便。水是从山里引的，好水，都是自来水。冬天水管冻了就吃水窖里储备的水。现在农村的条件真真是不错，水电路都通，电视也能收到，手机信号也有，就是没人了。"

我问："黄家营那个村子没人要了？"

老人说："不要了，扳了(扔了)，卖也没人要。"

我开玩笑说："那我们就去住了。"

老人笑得满脸开花，说："去吧，随便你们怎么住，没人管。"

我问："你拎着把斧子要去做什么？"

老人说："上山砍柴。"说完告辞了走了。

另一位老人随我们一起来到了上窑相。

进到村子里，见石塄边上站着一位五十岁左右的村妇，穿着一件枣红色的棉衣，热情地和我们打着招呼。老人介绍说这位村妇和刚才路上碰见的老人是一家子。村妇看上去很善良，也很好客。

窑相村坐落在一面向阳坡上，光照充足，窝在大山坳里，感受不到丝毫的山风。整个村子笼罩在冬日的阳光下，温暖敞亮，有一种说不出的惬意，那是一种让人浑身的筋骨很快放松下来的熨帖。真想在这样的阳光下打个盹儿。

上窑相尽管没有几户人家了，但政府还是把水泥路通到了每一家的门前。

靠近公路的一排房子，门楣上压着一块条石，上面刻着“农业学大寨”几个稚拙的字。据说这幢房子是队里的，上面是仓库，下面是牛圈，如今也都闲置了。再往里，是一座小小的村庙，基本轮廓和正殿都还在。正殿大门的下方开了一个猫洞，说明了后来的用途。

村庙旁边就是这位村妇的家，常见的二层平房，院子里晾着些白菜，土墙上种着一溜韭菜，枯黄的韭菜叶还有韭菜花在微风中瑟瑟抖动着。屋里陈设简陋，干净整洁。屋子里是北方农村常见的简单布置，里屋门上挂着拼花布门帘。靠近窗户的土炕上垛着整齐的被子。紧挨土炕是一灶煤火，火上没有烟筒，火被煤泥封着，中间用火柱捅出一个小小的洞，冒着微弱的火光。屋里很暖和，但有一丝硫黄的味道。我问：“这么烧火不怕中煤气吗？”老妇说：“烧煤泥不怕，要是烧煤球可是怕哩。”

我说："你们这个村子真漂亮，阳光也这么好。"

村妇说："好，我们也觉得好，就是没人住了。"

我问："这么好的村子，交通又便利，怎么就没人了呢？因为甚？"

村妇说："大的找不下媳妇，小的没学校念书，就这两件人就走光了，还要因为甚哩？"

村妇说："我在夺火有房子，上下六间呢，可是没有人去住。我们住着不习惯，一个男孩来在城里买了房，不回来了，就扳撇了。"

村妇陪我们在村里走了一圈，残破景象和远处的观感截然不同。到处是关门闭户、房倒屋塌。村妇一路给我介绍着："西面那家走了，跟着孩子去念书了。东面的这个房子是才塌的，今年夏天下了一场大雨，轰隆一下就塌了。"

一户人家的院子里扔着些凌乱的破衣服。村妇告诉我："这户人家还有一口人，也是老人了。村里总共就剩两三户了。我带你到下面看看去吧，也是窄相的，下面人多点，不过多也就十来口人了。死的死，走的走，几年就成现在这样了。说起来时间也不长，也就七八十来年的工夫，不到十年吧，这个村子就拉倒了。"

我问她村子里原来有没有学校，村妇说："有，我儿子就在村里学校念的，十年前修起来的，新着呢，修起来没用了几年就合并了。走，我带你去看看。"

我随着村妇来到她说的"下头"，果然看见了不同的光景。房子多是崭新的，村里的空地上安装有几台健身器。几个老人在健身器上注视着我们，笑嘻嘻地晃着腰腿。靠近公路边的一户人家门前，一位小脚老太太坐在条石上晒太阳，此时正手搭凉棚望着远处。村妇告诉我这些差不多就是全村的村民了。我过去和老太太搭讪，老太太用手揪着我下巴上一颗痣说，你脸上有这个东西一定是个有福气的，逗得大家伙哈哈大笑起来。之后随着村妇来到了学校的旧址，看到一排整齐的二层楼房，被红粉涂刷过，如今成了村委的办公所在地。

我向村妇打问下窑相，村妇告诉我下窑相离这里还有一里来地，瞧着村子很大，也没有几口人了。

下窑相　来到了下窑相，太阳已经偏西了。

下窑相在远处看去也是一个非常漂亮的小村子，位于一座

颓废的老房子

大山之下，一条公路把一个村子劈成了两半，所有房子的外墙都被涂得刷白，老房子沿地势自然排列，参差错落，在苍苍古木掩映下，静谧、安详。四围视线开阔，光照充足。村前有一条季节河的河床，河床上驾着一座桥梁。

正是阳光温暖的午后，村口坐着一溜村民在晒太阳，那种闲逸的散漫真有点令人羡慕，心想这个村子也许会好些呢。走进去看到的却一样萧条冷清，不同的是，下窄相的人似乎要比上窄相多一些。

一个胖胖的女人从一座古旧的房子里走了出来，矮墩墩的，丰颊宽颐，脚上趿拉着一双棉拖鞋。告诉我村里的人姓原，虽和上窄相属于一个窄相，但并不是一个姓氏。我说："你们村子很美啊，真是块好地方呢。"村妇的回答和听到过的大同小异，说："地方是不错，就是没人了。"村妇很热情，一路领着

一处无人居住的院落

我，来到村后面的一家院子里，说："你来照照这个吧，这在城里你肯定见不上。"

门楼气派

院子里，一位老妇正在编什么东西，多皱的脸部在冬日的阳光下闪烁着铜色的油亮。墙角堆放着一堆制作根雕的树根。问她编什么东西，老妇说是煤矿上要的，她也不知道是干甚用。在这座院子的另一个角落，有夫妻两口子在用柴火和铁锅熬制小麻油。油锅冒着热气，小麻油的味道飘散出来，有一股奇特的香气。村民介绍说，小麻子油只有用这种传统手工熬制味道才好。熬制之前要先把麻子炸碎了，然后兑上一定比例的水，一边熬一边搅动，水熬干了油就成了。我想买点，熬油的妇人说有人来定制了一百斤油，还差很多呢，不能卖。为我引路的胖女人

篱笆还在

说她家有，谈好了价格，跟着她去买了几斤。虽然要价贵了点，但东西地道也可谓物有所值。

人生的一切都是机缘，前些日子正想着买点小麻油吃，不期然就在下窑相碰到了。

这个村子历史上没有大富大贵的人家，所以也就没有三进二进的奢华建筑。一座残败了的村庙，已然面目全非，只剩了门楣上的木雕和山墙上的砖雕。全村的房子都很普通，但也有着山里人家的特色。山里人家靠山吃山，对石头的应用可谓出神入化。到处是石头的世界，石房子、石碾、石磨、石桌、石凳、石臼，石头墁的院子等等。

买过小麻油，来到另一户人家。一位村妇在院子里缝被子，花布门帘看着可亲可爱，那场景生动温馨，是多年不曾见到的。在温暖的阳光下，在山脚前，在静谧的村子里，劳作也罢，晒太阳也罢，都是人生莫大的惬意。那份悠悠自得实在是千金难买的享受。其实只要懂得珍惜，懂得知足，不论在哪里，天天都是好日子。在和村人的拉呱之间，就彼此熟络了起来，临走前，村民再三叮嘱我，明年秋天一定来，村里有土特产好给你弄点。

碾帮水　从夺柳路下来，走上了一条狭窄的乡村公路。这条弯弯曲曲的小路一直通向大山的至深处，背阴处不时有积雪覆盖，一边是万丈悬崖，一边灌木丛生。重重叠叠的四围大山在夕阳下显得有些神秘和狰狞，一路上走得提心吊胆。

大概走了有十几里路的光景，终于看到了这个叫作“碾帮水”的村子。

太阳就要落山了，四围无限的空旷，群山连绵起伏跌宕。如果不是亲自走一趟，真不相信在这么深的深山老林里还会有人烟，不仅有人烟，而且碾帮水村看上去很大。

车停在村边第一户人家门前。院子里有一排房子，没有院墙，主人不在家，只有几只土鸡在觅食。院外垛着高大的荆条篓子，里面装满了玉米穗儿。

拍照间，就见一位中年男子出现在眼前，嘴里呜呜哇哇说着些听不明白的话，原来是一位聋哑人。男子用手指指地上，地上写着“小光”两个字。怕我们看不明白，又蹲在地上反复写着“小光”。我说：“你叫小光？”男子点点头，很热情地请我们进家。我们摇摇手说是要去村里看看，男子就陪我们走向

远望碾帮水

老房子墙上的砖雕

村里。中途见到一位三十多岁的村民，下巴上留着一撮胡须，衣着邋遢，仿佛影视里常见的坏人形象。他告诉我们，这个村子是个行政村，人口不少呢，有外出打工的，也有留在村里的。远处蓝色屋顶的白房子是养鸡场，里面是围栏散养的土鸡，私人办的。

村口一溜平房前，挂着各种招牌，是村委办公处，民兵连，农民图书馆，却都大门紧锁。

一撮胡须的男人说，你们看到的这只是一个头，我们村大着呢。

顺着他的指点，来到了碾帮水村的另一头，在村卫生所前停了下来。卫生所紧挨着一个打麦场，打麦场上有三个装着玉米穗儿的大篓，顶上盖着些谷草。卫生所没有人，门锁着，门口蹲着三个男人，粗糙的面皮在斜阳下闪烁着古铜色的光泽。村民问我们找谁，我们说不找谁，想到养鸡场买点土鸡蛋。村民说："冬天了，鸡不下蛋了。不过你可以问问去，鸡场的人就在下面加工粮食的院子里。"进到院子就听见机器轰轰隆隆的，作坊里两个人戴着帽子口罩正在加工着什么。我大声问有没有土鸡蛋，回答很干脆：没有。

沿着村里的巷子继续往前走，果然是一个超大的村庄。谁家的院门前，一群老人坐在老树干上聚堆儿闲聊。一位上了年纪的老太太，铁黑的脸颊透着类似高原红的颜色，皱纹密布，银白的头发从一袭棕色的头巾下凌乱地散出来，看着我笑嘻嘻的。我问她："老人家多大年纪了？"老太太说："我是个属羊的，我也不知道我有多大了。"说完捂着没了牙的嘴巴，哼儿哼儿地笑弯了腰。我被她逗乐了，哈哈大笑起来。旁边一位老人伸出手指比画着告诉我："八十多了。"

问到村里的老庙，村民说哪还有庙，从前有来，都毁了。

老太太指指前面的一座大院，说："这是我家，我在这个院子里住呢。"我让老人带我去她家看看，老人拄着拐杖颤颤巍巍地好不容易走到门口，摸摸身上，找不见钥匙了。一迭声地喊："我的钥匙，钥匙，钥匙放哪了？"一位中年男子闻声走了过来，掏出钥匙给开了门。屋子里光线昏暗，有两张床，到处是乱七八糟的东西。老太太指着中年男子说："这是我儿。我七十多了，眼睛也看不见了，耳朵也听不清了。"他儿子告诉我说："老人八十三了，脑筋不好使了。"老人扯着嗓子又说："我是个属羊的，今年七十五了。"我也大声对她说："我也是属羊的，咱俩是一个属相。"老人一本正经地问我："你今年也七十五了？"我哈哈大笑起来。老人看见我笑，也捂着没牙的嘴笑起来，笑得呵呵溜溜。

从昏暗的房子里走出来，老人指指点点告诉我，对面那间

美丽的压窗石

房子也是她的，没人住了。这间塌了，没人修……

这是一座老院子，不算奢华，在从前大许只是个中等人家，但旧日的砖雕和花窗还保留了一些。最有特色的要数压窗石。压窗石上的雕花又是另一种风格。东屋的房顶坍塌了，只剩下了墙基和窗框。

一位中年村妇穿着黑色的紧身裤，外罩一条超短百褶裙，脚踩高跟，挽着袖子，端着一盆脏水走了出来泼到了墙根。如今城乡人从衣着上几乎没有了差别，时尚之风瞬间便能刮到偏远的山乡。

碾帮水村坐西向东，靠着一座山，这座山挡住了西下的太阳，天光早早就昏暗了下来，已然不适合拍照，只能匆匆浏览一番作罢。

报双村　报双村和碾帮水都隶属于陵川县夺火乡。

报双村的村名听起来应该是有故事的，但村民们已经语焉不详了。只说好像和从哪里飞过来的两只鸽子有关。

报双村没有豪门大宅，只有一座精致玲珑的村庙。

西下的夕阳把一座古庙的屋顶涂成了金黄的色调。和其他村常见的庙不同，这座庙是两进院落。原本是一个四四方方的完整建筑，因修建道路拆掉了一半。进到庙里，夺人眼球的不是别的，而是被窃贼偷盗过的残损。正殿门廊下用两块石头撑着，廊柱下如出一辙地用砖头代替了原来的石雕。据老乡介绍说，偷走的石雕是两只狮子，脑袋伸出来，能坐一个人。正殿大门两边原有二龙戏珠的木雕，非常漂亮，也被偷了。大门外的一对石狮子一夜之间也不知去向。两边的厢房前面原来有两棵桧柏，两个人都抱不过来，“破四旧”的时候被锯掉了，之后又栽了一棵椿树，这棵椿树如今看上去也有了几十年的树龄，高高大大，有点遮天蔽日了。后面正殿墙壁上残留着一面石碑，具体内容已经看不大清楚，最后的落款是：“大清岁次乾隆丁

报双村的古庙

村庙木雕

卯年辛亥月”，证明了这座村子的古老程度。

山西境内乡村被偷走的石雕木雕，据说多被卖到了河南一带。亲眼见过洛阳一家酒店的装修，所用材料均为民间众多的古建装饰，有石雕、木雕、砖雕、铜钱等等，应有尽有。包厢也仿照了山西大院的格局，大门两边放置了石狮子，且全部是历史悠久的古董和真品。酒店主人介绍说这些东西大多来自山西，听着心中甚不是滋味，其时还以为是些旧建筑拆除后不用的东西，谁知卖家竟然多用了偷盗手段。最可恶的是到处听到一种说法，说是本村人伙同外面的贼偷偷把这些东西私自卖掉了，有的村还是村委主任在带头干。报双村的老乡说，都是半夜三更来偷的，谁干的不知道。没有家贼引不来外鬼，没有本村人引路，外地人怎么知道村里有什么东西。

村庙木雕

如今的乡村，比建筑物更加凋敝破败的是道德人心，建筑物尚可更新换代，人心坏了极难修复。在

乡村屡屡频现的盗墓挖坟、买卖死尸，城市里的地沟油、烂肉火腿、毒大米、农药菜、催红水果、贩卖婴儿等等，这些败坏事物哪一件不是出于败坏的人心？

屋脊雕龙

想起一句话，叫“鼓破乱人捶，墙倒众人推”。这句话同样适用于今天的农村。

在距离古庙不远处，有一座戏台，戏台的屋檐下写着四句话：“自力更生，奋发图强，艰苦奋斗，勤俭建国。”那应该是这座戏台的建筑年代。戏台上的柱础却是古旧的东西，上面雕有繁杂的图案，一边刻着“紫气”，另一边刻着“东来”。老乡告诉我说，这东西是原来下面城隍庙的，“破四旧”的时候拆了，拆下来的东西有的建了学校，有的建了这座戏台。

农村的古庙曾经安放过中国农民的信仰，为农民提供过精神的慰藉和心灵的安抚，成为乡间规范村民行为的一种无形力量，成为统治者稳定天下不可忽视的重要

村庙门廊

因素。孙中山说：“国民不可无宗教思想，盖教有辅政之功，政有护教之力，政以治身，教以治心，相得益彰，并行不悖。”正是凝结在庙宇祠堂上的乡土文化，构成了中华民族的骨架和肌体，维系着传统文化的脉搏和呼吸。因此，乡村的古庙虽然全部破败了，损毁了，但乡民敬天畏神的遗传习俗并没有丢弃。在老树下，在遗址上，在空庙前，每逢年节他们都会起香上供，以求心安。

从报双村走出来，落日正红，西天一片血色，山里的黄昏充满了神秘的魅力。

距离晋城越来越近，雾霾开始越来越浓。

屯城，又称虎谷里，隶属于阳城县润城镇，是明代大思想家、政治家、文学家张慎言的故乡。长平之战时，秦将白起曾在此屯兵屯粮，因此得名。屯城居民为杂姓，有张、赵、郑、程、王、陈、高等，至今有“郑半街，张半道、陈一角”的说法。郑家祖孙在元代两封国公，二世平章；张家于明清五世之内出过三位进士。村内有二郎庙、关帝庙、张公阁、东岳庙及宗族祠堂等。

屯城村

2014年的正月初三，是一个雾霾笼罩下的晴天。早饭后，领着女儿，轻装简行，向阳城方向出发。利用春节休假的时间造访几个古村落，是年前就定好的计划。

过了润城，沿沁河，一路打问着向屯城走去。

浅浅的沁河在裸露的河滩上勉为其难地流淌着，较三年前愈发地瘦细了。沁河两岸布满了鳞次栉比的工矿企业，河道里到处堆放着煤山、砂矿，坑坑洼洼的挖掘痕迹随处可见。裸露的河滩覆盖着枯黄的野草，在冬日荒寒的雾霾下，愈发显得千疮百孔。偶然有白鹳和水鸟在水面上飞起飞落，是途中唯一见到的生动画面。

古人认为："水者，地之血气，如筋脉之通流也。"又说，"经脉者，所以能绝生死，处百病，调虚实，不可不通。"（《管子·水地》）。今世鄙弃传统文化，没有了对天地的敬畏之心，所有的河流干涸的干涸、污染的污染，能够流淌的也被一座又一座的水库寸寸截断，早已是不通了。

屯城就位于沁河岸边的卧虎山下。

走进屯城，映入眼帘的是一座现代化的城镇，新农村的楼房密集且鲜亮，宽阔的广场上耸立着一个抽象图案的大理石雕塑。屯城，作为一个村落，已然没有了一丝"村"的味道和想象中的古朴清幽，而更像是一座新"城"了。卧虎山起伏连绵，在雾霾的充斥下，苍松翠柏被蒙上厚厚的灰色。

走进去，在新农村包围的中心地带，见到了一片老房子，却都大门紧锁。门前堆积着厚厚的落叶，鲜红的对联十分醒目。远处赵家的三座明末堡楼巍然耸立，很有些壮观的意味，却绕来绕去怎么也走不到近前。一座关帝庙修葺一新，却也是大门紧锁。

有村民们手中提溜着礼品，步履匆匆在忙着走亲戚。村里的小卖部门前堆放着各种花里胡哨的礼品盒，生意红火。向一位本村的年轻女子询问东岳庙的位置，女子告诉我，东岳庙也锁着，进不去。女子帮我到处寻找拿钥匙的人，说是出去走亲戚了，不在家。问她知不知道张慎言的故居，女子摇摇头说："不知道，这些事老人们才能说上来。"于是，她把我们领到了村委主任的家里。

村委主任姓陈，四十多岁的样子，田字脸，身材高大，对本村的历史文化烂熟于心，如数家珍般娓娓道来。他话音低沉，地方口音让我听得不是很懂，但了解到的东西已远远超过我的

陈家老院

预期。临别陈主任赠送我的两本资料，让我如获至宝，欣喜不已。

屯城的陈姓，先祖为陈廷敬的长子陈谦吉，陈谦吉致仕后迁居到屯城。陈主任至今记得，屯城原本是一个四四方方的城，并且有东西南北四个城门。这四道城墙由于众所周知的原因，后来都被毁了，只剩下一截城墙的遗址。张慎言的祖坟也在“破四旧”中破掉了，石人石马被凿开用来修建了水渠。

历史上的屯城钟灵毓秀、人杰地灵，单张家在明清两代就出了三位进士：张慎言的祖父张升为明嘉靖庚戌年进士，官至河南参政；张慎言字金铭，号藐山，明万历庚戌年中进士，官至南明吏部尚书，以太子太保致仕。张慎言从孙张泰交，为清康熙年间进士，官至浙江巡抚。

张慎言是明代吏部尚书王国光的外孙，很早父母双亡，由祖母一手养大。他自小颖悟绝伦，家学渊源、才华出众，有文章曾被视为三晋楷式。明万历庚戌年中进士，从此踏上仕途。所过之处，官声甚好，做陕西道御史期间政绩卓著，当地民众为其建了祠堂。张慎言襟怀坦荡，不避权贵，一生宦途坎坷，因“三案”忤逆旨意，被贬谪戍守甘肃酒泉，却能宠辱不惊，在肃州构建“快雪亭”，日日著述其中，以诗文当吹箫拊缶，自得其乐。赐还后，补湖广道，迁太仆少卿，太常卿，转刑部左侍郎，又因谳狱不合帝王旨意，罢官家居。此后在屯城的泊园度过了八个春秋。

屯城，在明清两代，曾经簪缨世家、卿相士大夫迭出，曾经华屋连绵、高楼耸立，曾经香车宝马、雕梁画栋，曾经泊水

张慎言故居内宅大门，门匾上题有“忠恕”二字

流雅韵、虎谷隐名士。张家原有大大小小近三十多座院落，整个张家府邸占据了屯城村大半条街。以街为界，街西俗称西宅，有花园，有观花楼；街东有书房院，有祠堂。如今除书房院、观花楼等少数院落还能看到，其他的院落均已损毁。张府与屯城多数院落朝向不同，并非坐北朝南，而是依山势坐东朝西。大门上“忠恕”二字的古匾依旧清晰可辨。在内宅门额上有“恭俭惟德”四字。院中建筑因年代过于久远，看上去已然摇摇欲坠，几处木雕风化严重，堂屋外墙贴上了雪白的马赛克。张家当年的辉煌，经过几百年风雨沧桑的洗涤早已不复存在，而张府也只能作为一个遗址看了。流传下来的是张慎言的思想道德和文章诗词。

在屯城所有富丽堂皇、厚重典雅的旧建筑中，张慎言的

"泊园"最惹人遐想。

张慎言在遭遇贬官、闲居故乡的岁月，淡泊功名、寄情山水，于泊园写下了诸多诗篇，名曰《泊水斋诗钞》，后被收入《四库全书》。该诗集中以泊园命名的诗歌有《泊园松苑》《泊园听雨》《泊园对月》《解严走泊园对花作》《仲秋泊园卧病》《润十一月朔二日郊行看雪归泊园独饮有怀作二首》《留郭九子读书泊园以归省展期》《韩中散见枉泊园》《抵泊园甫成二首》等。

据乾隆版《阳城县志》卷十六《志余》载：泊园，明太宰张慎言别业也。在县东三十五里屯城。其地名虎谷，本王国光尚书小筑，后太宰复营此为菟裘。其处松柏苍翠，溪涧曲折，秋冬之际，红叶弥满山谷间，尤为奇胜，溪尽处为小桥，桥北悬崖，建阁其上，状若飞楼，言曰"菌阁"，最称幽旷之居。想必那座在桥北悬崖上建造的阁楼，远远看上去像一只巨大的蘑菇，所以起名为"菌阁"，张慎言在菌阁落成后，又诗一首，题为《虎谷飞阁成落之》，云："别浦乍晴新雨后，长林才弄好音初。筇将倦矣云多白，酒忽醒时松正疏。淙响欲逋留可住，冷风送善领其余。看来诸好纷纷落，着此孤亭良不虚。"

张府书院建筑细节

想象不出泊园当时的风情，却可以感受到张慎言受贬后的内心苦闷。生于末世，时乖运蹇的感慨时见于诗中的字里行间。他在《秋雨后有怀》一诗中写道："云凉苔冷叶纵横，寂寞垂帷观我生。澹此多心翻爱病，简之真寄不求名。卧听壁响非山水，静挹芳馨岂杜衡！良友天涯殊隐士，中间存没怆吾情。"

泊园，在张慎言的心中，是人生的暖色，是故土的温情，是可避风雨的港湾。算下来张慎言在故乡的赋闲岁月，应该是他人生中最好的日子。官场上的荣辱得失，比起后来的贼害横行、国破家亡，实在也算不了什么。

张慎言在泊园的宁静时光非常短暂，崇祯三年(1630)被贬，崇祯四年便遭遇了匪患，匪患过后是兵患，崇祯六年（1633）又遭遇了一场可怕的大瘟疫，接着便是严重的饥荒。终究也没能在故乡寿终正寝。

崇祯四年（1631），王嘉胤帅匪众数万窜入阳城沁水，在坪上、屯城一带烧杀抢掠、杀人如麻。被当代称作"农民起义军"的贼众，完全是一伙没有丝毫人性的匪徒，屠刀之下，妇孺老幼，贫富贵贱，概莫能免。张慎言亲眼目睹了血流成河、尸横遍野的惨烈。为避匪患，张慎言在故乡修建了三层高楼，名曰"同阁"，盗匪来时，藏乡民于其上，救活乡民万余人。钱谦益在《列朝诗集》小传《张尚书慎言》："金铭为人有别趣，诗亦有别调，怀负志节，敦笃友谊。家居时，流贼猖披，造三层楼，临泊水上，楼橹渠答，火炮悉备。一乡人保其上，贼屡攻不克，所全活者数万人。有才如此，而置之冗散，不得为国家挡一臂，由今念之，尤可痛惜也！"朝廷派兵前来平患，然而前来追剿匪众的官兵给民众带来的灾害比之贼患更甚。张慎言亲眼目睹了“兵之害更惨于贼”的状况，愤慨不已，写下了《点灯行》一首长诗，描写了“我民耳目乱，呼天但号咷”的悲惨。他在《同阁记·后序》一文中记载了其时家乡匪患的真实情状，大致内容如下：明朝壬申年的正朔四日，贼首王家胤（详见本书《花沟·寨上·坪上村》）先到了沁水的坪上烧杀抢掠（刘东星的老宅子就是在这个时候被一火烧尽），而后沿榼山进入阳城，向西到了端氏，又折而向东，以数万之众兵犯高都、郭谷、白巷诸村。烧杀抢掠，无法计算。有的死在水井里，有的跳了茅坑，有的跳了沁河。贼众抢夺人口玉帛满载而去。屯城的男女老幼，躲进了同阁，免受了奔逃之苦。当年的秋末，匪众又从武安过来突然袭击了屯城和上佛村，大肆烧杀抢掠，有乡民躲进了山上的崖窟中，被贼众以火攻之，幸免的人，又被硫黄毒烟熏死。死去的人太多了，可以用沟壑为单位来计量。有的一家十几口人中竟没有一个存活下来。乡人登上女墙望去，但见蜂拥而至的贼众密密麻麻弥漫在山谷间，有骑马的有步行的，一连数日，在屯城滞留不去的有万余众。张慎言五亩之大的家宅，挤满了匪徒，没有一点空隙。这些匪徒把耕牛椎杀了来享用，没有椎杀的将后腿砍断。张家的门窗桌椅、茶几屏风、车辇床笫，全部被劈了烧火煮饭，从早到晚，不停地在焚烧……

此时的屯城，连年遭受了匪患、兵患、瘟疫、饥荒，一灾更比一灾甚。《阳城县志》（康熙版）卷七记载，崇祯六年（1633），阳城一带遭遇了大的瘟疫，一门之中，病死者十有六七，有的全家死绝。当年一冬无雪，翌年一春无雨，横陈的死人枕藉于路。此时张慎言的诗歌中，含悲忍涕，其忧患愤懑之情不知向谁哀告控诉。有诗《寇至后大祲疫且甚，与死于杀掠者几等》一首可见一斑。

崇祯十一年（1638），张慎言被再次起用，任工部右侍郎，崇祯十四年（1641），官迁南京户部尚书、掌右侍郎御事。崇祯十七年（1644），福王在南京即位，史称南明，拜张慎言为吏部尚书，张慎言上书“中兴十议”，虽被采纳，却难实施。他受到阉党的攻击弹劾，被迫上疏辞退。大厦将倾，独木难支。其时，张慎言唯一的儿子张履旋（崇祯十五年的乡试举人），贼犯阳城南部山区时被执，要把他送到平阳去，张履旋写了一封和亲人诀别的书信，叹曰：“吾大人不为乱臣，吾岂为贼子乎！”遂投崖自尽。家破国亡，致仕后张慎言无家可归，寄居安徽

在明代和董其昌齐名的张慎言书法石刻被后人当作建房石材踩在了脚下

芜湖、宣城一带，只有孤孙张泰茹前来于膝下侍奉。经历了国破家亡惨烈的伤痛，张慎言人生理想悉数破灭，此时的张慎言，对生活的要求降到了最低点，说：祖孙相聚足矣！清顺治二年(1645)，大明亡，张慎言病死于安徽芜湖。明史有《张慎言传》记载："山西尽陷贼，慎言无家可归，流寓芜湖、宣城间。国亡后，疽发于背，戒勿药，卒，年六十九。"张慎言有病不让医治，表明了他甘为大明殉葬的求死之心。

张慎言的民族气节和文学才华，受到后人的高度评价，清康熙年间的工部侍郎田六善称赞说："太宰文章足以华国，才略足以御变，学术足以辅成，君德言论风采足以羽仪一世。"

明末清初著名的文坛领袖钱谦益在《列朝诗集》中说："藐山公。虽牵丝入仕，神明寄托恒在山水间，孤情回照，翩翩然如野鹤之立鸡群也。"

张慎言之所以成为一代名臣，除了位高权重、地位显赫，更有高于权位之上的因素，那就是道德、文章、思想和才略，正是这些因素使得他的姓氏光华灿烂，光耀千秋。

张慎言死后由孙子和如夫人田氏扶榇归葬。

屯城张家祖坟和其他几户簪缨世家的祖坟，经历了几番洗劫和盗墓，已然面目全非。

明朝灭亡后，张家衰败破落，而后在清朝康熙年间崛起的张泰交为张慎言的从孙。如今的屯城除了留有张慎言内院和张慎言书房院遗址外，还有张泰交的花园和书房院。张泰交的花园西园最为值得称道的是康熙御书厅，其间曾珍藏过康熙当年御赐给张泰交的诗歌和对联石刻。中有一首题为"凯旋言怀"，是康熙早年的旧作，康熙抄录了赐予张泰交，落款为：旧作“凯旋言怀”壬午冬录，赐浙江抚臣张泰交。

屯城在明清曾一度名为“善良”，张泰交在《受祜堂集·自叙》一文中说：“其地山形似虎，沁流绕之，名虎谷里。里缘俗醇厚，官复名里曰善良。”何时恢复屯城称谓的不得而知。

大清立国后，饱经蹂躏的屯城又渐渐恢复了元气，在之后的三百年间，依旧光风霁月，流金溢彩。历史匆匆走过，转瞬间，昔日的繁华已成为过眼云烟。经过了各种名堂的风雨摧残，屯城曾经有过的美丽，只有从前人的诗歌中略窥一二。屯城现存一方石刻，名曰“沁园”，是康熙年间做过刑、工、户、礼四部尚书的江西吉水人李振宇为陈谦吉的“沁园”题写的门额。陈廷敬三子陈壮履有《诸侄邀饮沁园》诗一首，曰：“村落衣冠古，园亭景物嘉。檐垂当夏果，篱艳后庭花。拔地青峰瘦，穿林碧水斜。更无酬酢事，藉草酌流霞。”诗中其时的屯城，村民衣着古朴，园亭齐楚，屋檐下垂挂着夏天的瓜果，篱笆墙开满了艳丽的鲜花，隐隐青山拔地而起，一湾碧水穿林而过，西天里布满了金红色的流霞，正是可以助兴下酒的风景……

张慎言从孙张泰交有《受祜堂集》传世，诗才似在张慎言之上，录一首《襄城七夕》供读者品评：“万里劳三月，他乡七夕天。几声茅店雨，一带晚村烟。兴到酒难觅，愁来夜不眠。鼓盆余已久，乌鹊亦空填。”

屯城当年的松柏苍翠依稀还在，秋冬之际，红叶弥满山谷间的风情还在，但溪涧曲折，溪尽处的小桥、桥北悬崖上状若飞楼的菌阁却是看不到了。在泊园旧址的半山腰上，透过树枝的杈椏，可隐约望见几处洞窟，那极有可能就是张慎言笔下的“石屋”。

张慎言有《虎谷》诗一首，中有句云：“石室溪桥泊水东，玄根幽构易为衷。起居竹气花光里，眠食泉声鸟语中。”可见当年泊园的风韵。张慎言每日坐卧起居在满园的竹气花光里，睡眠饮食于泉声鸟语中，该是怎样的一种风雅和淡泊。这种古代的文人情怀和士大夫的贵族风范，是被今人一度当作“四旧”极尽毁灭破坏践踏之后又四处遍寻不见的精神。张慎言《虎谷杂咏有“泉欣迂可来”之句因赋》有句云：“泉源在左沼在右，中间涧仄石钦崎。今看倒影云难尽，试问清源人未知。”而今，一切的精美典雅、流风遗韵，早已渐行渐远渐淡渐无，只留下了几处残败的旧址供后人思古遐想了。

站在泊园的旧址抬眼望去，是小山一样黑压压的煤堆。泊园当年的明月清风，只剩了一勺泉依旧旱不枯涝不溢，泉下原有的一座八角水池于20世纪70年代被农民拆毁，其石料用来做了房基。一条被溪流冲刷出的浅沟尚在，当年的溪流却早已干涸。据村里人说，这一带曾经都是茂密的树木，泊园旧址上原有四棵巨大的白皮松，于20世纪60年代全部砍伐净尽做了他用。卧虎山因地下挖煤的缘故，裂开了许多缝隙，宽的有一米多。

远处，成片新房簇拥着三座残败的赵家高楼，遗世独立般隐现在雾霾里，而建于张慎言同阁之后的陈家堡楼早已没了楼顶，敞着豁口面向苍天，宛若一曲悲凉的古老歌谣。陈家堡楼解放后被分给一户贫农，该户因孩子考上大学却没钱读书，把顶层的房梁拆掉卖了，当年用来避难自保的古堡楼就成了今天这副残败的模样。据本村知情人介绍，屯城的毁坏，除了“大跃进”、人民公社、“文革”几个阶段外，1977年的毁坏是最为严重的。其时处于“文革”后期，极“左”思潮的影响远未消除，不少人仍认为凡是古旧的东西都在“横扫”之列，于是在大队主要领导人的号令下，村中的文物古迹，又一次遭到“浩劫”。街面上各家的牌楼，包括陈家当年的牌楼，在见证了人间风雨、历史变迁后就此彻底消失。张泰交花园的御碑亭早已成了居民的住宅，里面的碑石除一面康熙赠诗尚在，其余一部分被后人做了门前的踏脚石，这部分石碑正因此得以保存到现在。其他的石碑都在那时被粉碎成石子充当建筑材料砌进了新居。张慎言的书法其时和董其昌齐名，被称为“南董北藐”，具有极高的艺术价值，屯城尚存的张慎言的一面珍贵的书法石刻，也被张家后人裁开当了踏脚石。

屯城村除民居建筑颇具特色外，比较有影响的建筑还有一座东岳庙，庙为金代建筑，正殿和耳殿石柱上刊勒的建筑年代，如“承安四年”“大安二年”“泰和戊辰”等还清晰可辨。掐指算来，大殿已历约八百年。飞檐斗拱，硕大的具有明显收杀的抹棱檐柱，依然是金代原物。但屋顶是20世纪60年代返修过的，已非原来的螭吻雕甍。正殿屋脊上后补的三个五角星，曾被摄影家们传为笑谈。唯有一座古钟和几根石柱保留了一丝原貌，院中左右有松树围起的两条甬道，石子铺排的图案为“打倒美帝，打倒苏修，打倒刘少奇”，字形依稀可辨。据说屯城东岳庙的庙门曾经非常壮观，四梁八柱，木雕纷披。20世纪那个特殊年代，有村人把庙门上的铁钉敲下来卖了钱，门上木雕被破坏殆尽。现有的大门为后来补建，寻常光景而已。

东岳庙内的砂石石阶严重风化，其风化程度证明了历史的久远。八百年，八百年足以让石头化成土，八百年足以使山崩地裂、河水断流。八百年留下的只是一段文字，几个传说。

造访屯城，最初是因了对张慎言的追慕，走马观花一番后，才知屯城丰厚的人文历史，不止一家一姓，也绝非一篇文章可以穷尽。私心希望屯城在今后的建设中，能恢复泊园的部分旧貌，能将现存的旧民居保存下来，希望走进屯城第一眼看到的不只是一个抽象的图案，还有张慎言的塑像。

2009 年的中秋，阴历十六，天阴沉沉的，山里的雾很大。一大早，按事先约定好的时间和线路，带着回来度假的女儿和摄友老路一家人，再次往杨柏方向的核桃铺走去。正是五彩缤纷的季节，杨树叶开始转黄，在山间道边，在秋风里，在阳光下，闪耀着，舞动着。

核桃铺

穿行在阳城的大山里，盘山向上又盘山向下，植被渐渐浓密起来，山景瞬息万变。这样郁郁葱葱的绿和雄奇壮阔的美，在四川峨眉山见过，没承想太行山里也会有同样韵味的风景。

雾，在山坳里忽浓忽淡，两边的深谷便时隐时现，充满了梦幻般的神秘。在时浓时淡的雾里穿行了几十公里后，拐到了通往湫川村的岔路上。行走之间，不经意地瞥见路边山腰间一座小小的农家院落，前不着村后不着店，孤孤单单地悬挂在高耸的大山间，突兀而孤绝。已经没人居住了，所以也不能叫人家。路上看不到一个行人，无从打听此处的地名，想来方圆数十里，独此一家，姑且就叫它独家村吧。

独家村紧挨着公路，顺着一条宽可通车的山道，蜿蜒向上，就看到了“庐山真面目”。院子没有围墙，房子全部由石头砌

路边独家村

就，青瓦盖顶，石板铺成的地面，缝隙里蔓出了肥绿的荒草。房前一棵不大的苹果树，苹果花洁白芬芳，开得正好。面朝公路的几间房子更加陈旧一些，窗户透了天窗，房门上了锁，并且在门环里别上了木棍。边上有一个鸡窝，还基本完好。东面的房门上挂着一袭门破旧的布门帘，是独家村唯一留存的一点人气。透过门缝和窗口可以看到屋子里还放着一架旧床和一张条几，墙壁的正中张贴着一幅毛主席像。

房子旁边有一个打麦场，打麦场上散落着一些庄稼的秸秆。右面有十几层用石块砌成的梯田，间杂着十多棵花椒树和一棵巨大的核桃树。土地已然荒芜，这些树木在春天里却依旧焕发着勃勃生机。

揪一片花椒叶子，揉碎了，放到鼻子底下闻一闻，很香。树叶开始萌发，在阳光下闪烁着油亮的淡绿色光泽。和院子相接的一块耕地上残留着小麻的秸秆。地堰的石头缝里长着一棵山茱萸，枝条上冒出了细细的嫩芽。摄影家老路告诉我，山茱萸的花是黄色的，细碎的，果实是红色的，指头肚大小，秋天的时候挂满枝头，很好看。可惜来得不是时候，看不到山茱萸的开花结果。

院子的后面又是另一种景观。一排矮矮的房子，几乎是从山石间凿挖出来的空间，像是牲口圈或者是做饭的厨房。一盘石磨，四周长满了荒草。山根下堆放着些柴禾，用石头圈了起来。顺山脚往东边走去，沿着打麦场有一溜残垣断壁，门框依稀可辨，梯田里依次三棵开着白花的苹果树。

不知道这座院落静静地在这里伫立了多少个年头，也不知道这里曾经居住过几代人，更不知道他们的祖先是为了什么要选择到这里定居，猜想或者是因为战争，或者是为了逃避税赋徭役，或者是因为旱涝水灾，或者是避世隐居的穷秀才……不管什么原因，在这里居住无疑是清净的、诗意的，不说别的，只那大山美不胜收的四季风光和变化多端的万种风情，就足以让人怡情养性，留恋不已。

院落四围环山，脚下是一条涧水，水声潺潺。老路说："这条水是从历山上渗下来的，秋季水很大。夏天下过雨后，这里的天空那个蓝啊，蓝得有点不像话。"

抬眼望去，对面的山头云雾叆叇，层峦叠嶂，远淡近浓，一幅绝美的天然水墨画轴。

这里的主人曾经祖祖辈辈在这里过着神仙般的日子，春耕

嵌在山石里的房子

独家村对面的山色

夏种，秋收冬藏，吃着绿色的粮食，喝着纯净的山泉，呼吸着新鲜的空气，远离红尘闹市，远离人际间的钩心斗角，有那么几亩地，有那么几间房，有儿孙绕膝转，满堂笑语声，有鸡鸭猪狗猫羊，再喂一头小毛驴。自供自给，日出而作，日落而息，凿井而饮，耕田而食。高兴了骑着毛驴“嘚啵嘚啵”地到镇上赶赶庙会，买点家常日用；不高兴了，坐在院子里，看看对面的山色，听听风声雨声，随他云卷云舒，花开花落……

此后，独家村成为我放不下的挂牵，心心念念地还想去再看一眼。

2009 年的中秋，阴历十六，一大早按事先约定好的时间和线路，带着回来度假的女儿和摄友老路一家人再次来到阳城河北镇境内的独家村。虽是晴天，但空气并不通透，一片灰雾蒙蒙，这是摄影爱好者们最不喜欢的天气。

穿过阳城县，往河北镇方向，走上了蜿蜒曲折的山路。

山势愈来愈壮观，遍被山间的灌木酿出了醉人的色彩，泛红的黄栌一丛丛一团团，为层层叠叠的峰峦染上了秋色。正是五彩缤纷的季节，杨树叶开始转黄，在山间道边，在秋风里，在阳光下，闪耀着，舞动着。沿路闪过密密麻麻的酸枣，让味喜酸甜的女儿激动起来，叫喊着要下去采摘，于是一路走走停停，停停走走。

自打见到独家村，就喜欢上了它的幽静和原始，说自己很想有一个这样充满野趣的家。于是被朋友老路戏称为“我家”，说：“快，你家到了。”其实独家村究竟是谁的家，一直都不知道。此次来前经向当地人打听，才知道“独家村”所在地叫核桃铺，这一带在撤乡并镇前隶属西交乡。

独家村颓败的房子上依旧挂着门帘，门依旧锁着，说明尚没有被主人彻底抛弃，却总也看不到一个人影。山下一条终年流淌着的泉水，打对面的一个山洞里汩汩流出，那山洞形状煞像玄牡之门，山洞上方有一根石柱突兀而起，堪比阴阳同体，甚为奇特。春天来的时候恰值繁花满枝，如今只剩了一树秋风。门前放着打过籽的葵花盘，巨大的核桃树没有一个果实，只有满树枯黄的叶片。石头垒就的梯田已经完全荒芜，紧挨院子的一块土地上稀稀拉拉种着些细瘦的白萝卜，田间印着一串深深浅浅的脚印，说明尚有人在这里耕种。院中的石板缝里疯长着荒草，比春天来时更显得凄凉萧索。屋后的石磨依旧，牲口圈依旧，厨房依旧，只是没有了人气。

梯田里有几十棵花椒树。成熟的花椒红红的，星星点点夹杂在绿叶间，散发着浓郁的椒香。正是采摘的好时机，却已所剩无多，不知被什么捷足先登的人采得差不多了。老路是这里的熟客，告诉我这里的花椒好吃，味道纯粹，香气浓郁，说他每年要从这里带点回去，只要用了这里的花椒炒菜，一进门就能辨别出来，那个香味，太特殊了。于是我们开始了第一个活动：摘花椒。工夫不大，山下的公路边上停下一辆拉着水泥的大卡车，接着从车槽里跳下来一位老乡，五短身材，穿着一件半袖的白衬衫，衬衫扎在裤子里，手里夹着烟，一边抽着，一边径直向上走来。根据来人的步态神情，感觉这次可能是遇到主家了。

等来人走近一问，果然。老路递给他一根香烟，和他闲聊了起来，我走上去迫不及待地问了一连串早就想知道的问题。

屋主人名叫李龙社，看上去有五十来岁年纪，用他本人的话说，实际才小四十，也就是三十九岁吧。李龙社一脸沧桑，有点谢顶，不修边幅，胡子拉碴的，裤子上的拉链开着，鞋帮子裂了口，用时下的话说，属于典型的弱势群体。他一家原先六口人，在这里居住有三代了，姥爷姥姥那一辈儿原本住在阳城县附近，因为没有地种，迁到了核桃铺，在这里盖了几间房子，开了几亩荒地，一家人就在这里扎了下来。父亲是倒踏门的招女婿，一个老实巴交的农民。李龙社兄妹四人，他是老二。上面有个哥哥，工作在外。两个妹妹嫁到了河北镇。母亲去世早，丢下他和父亲相依为命，可父亲几年前也去世了。父母的坟墓就在山背后。父亲去世后家里就剩了他一个人，住在这里不缺吃不缺喝，就是孤独。天一黑，孤灯只影，连个说话的人都没有。这么偏僻的地方，媳妇是讨不来的，于是他就搬到了姑姑家。姑姑的孩子们都出去工作了，留下房子空着，他就搬过去住了。姑姑家所在的村子叫杨树沟，隶属河北镇，不过那里的村民们也快走光了，剩了不多几户人家。

不知道李龙社的日子是怎么过的，但完全可以想象出一个孤苦伶仃的人所承受的凄凉与寂寞，还有他的无着无落、无依无靠、无趣无味。就此一番话，让我理解了他为什么要撇下这么美好的家园远走他乡。诗意栖居不是什么人都能消受起的生活方式。陶渊明不为五斗米向乡里小儿折腰的结果是沿门乞讨，是“饥来驱我去，不知竟何之。行行致斯里，叩门拙言辞”。终日“采菊东篱下”是填不饱肚皮的，更何况在物欲横流当今，仅仅填饱肚皮根本无法满足娶妻生子读书就医诸多需求。

李龙社的姥爷姥姥当年迁到这荒无人烟的地方是为了生存，如今作为孙子辈的李龙社离开也是为了生存。对于一个现实的人而言，有什么比生存更硬的道理呢？

李龙社指着地里的花椒树说：“这些都是我们一家人一棵一棵种起来的，如今都扔了，没有人管了；核桃也没人收了，那一树要打好多呢。不过今年没有结，一个都没有。核桃是结一年歇一年的，就是结了也没有人管。土地嘛给了一个河南人种去了，有时间了回来看看，也只是看看，甚都做不了。如果我父亲还活着，如果这个家里还有一个人，我是不会走的……”李龙社的口气淡淡的，仿佛是在讲述别人的故事……没有能力帮助他解决任何问题，只能留下一大堆没有用的空话，告诉他完全可以利用自家独有的资源搞旅游接待，销售土特产，搞搞农家乐，我说光他家这么多花椒核桃一年能卖好多钱呢，再养点土蜂、土鸡，都是挣钱的事情。况且家在路边，交通方便，有多少条件可以利用啊。有了钱还愁没有女人肯嫁吗？但这一切说说简单，做起来又谈何容易。

看看时间不早了，我们告别了独家村，告别了李龙社，拿着自己摘下的一点花椒，向赵树理《灵泉洞》的故事所在地驶去。

黄家大院位于靖边县高家沟乡庞畔村。说不清黄家大院建于何年何月，有的说是明朝就有了，有的说是建在清朝。院落已经面目全非，因此了解它的建筑年代似乎没有了任何意义。遗留下来的破墙烂洞，成了一个时代的见证和一段历史的写真。

黄家大院

黄家曾是本地一户闻名遐迩的大户人家，黄家大院也曾经是一座规模恢宏富丽堂皇的豪门大宅，如今只剩下了残败的院落和遗址在冬日的寒风里瑟缩着。院落的一边，生长着一棵木瓜树，看上去有了些年头，曲折的枝条光秃秃地伸向天空，显得空落而茫然。村里的狗们听见来了人，高一声低一声地吠叫起来。这是我们每到一个村庄必然要接受的欢迎仪式。

向导是山西乔家大院的后人，说：黄家大院要是不破坏，和山西的乔家大院一样能成为一个旅游景点，这基本上是一句废话。如果没有那次浩劫，在崇尚文化的今天我们该有多牛。当然这也是一句废话。

黄氏家族弟兄三人，黄家老二早年参加革命，二十五岁就牺牲了，黄家后人有许多还生活在本村。

听见来人参观黄家大院，黄氏家族的后人都聚拢了来，开始叙说黄家的历史。

黄家老二家的儿子，看上去有五十多岁，一副落魄模样，眼睛有疾病，不大好使，拄着拐棍，从土坡上蹒跚着走下来。一边走一边说："我们家当年因为光景好，来一次运动，就被人家折跌一次，可是受下了。"他土改的时候还小，具体的情况不记得了，"文化大革命"时他十七八岁，记得很清楚。向导老乔说，黄家老大因为"文革"中受不了批斗，当天晚上回到家里栽到水缸里自杀了。

没有人能知道一个被逼走上自杀道路的人受了怎样的侮辱，更不知道他在选择死亡的时候心里想了些什么。对于这样惨痛的结局，在后人嘴里只是轻描淡写的一句话。一句话可以总结一个时代，也可以总结一个人的命运。“黄家老大受不得批斗，当天晚上回到家里栽到水缸里自杀了”。这样简短的一句话，这个人一生的命运就被说完了。

提起黄家大院当年的金碧辉煌，人们说，这里从前有过一条大路，赶牲口来往的人，远远看见黄家大院，都以为是一座庙宇，信徒们就开始磕头。方圆几百里，曾经都是黄家的土地，但黄家在土改前就已经基本破产了。土改的时候，村民把黄家老三吊起来拷问，问他哪里藏有金银财宝。黄家说那时候已经没有钱了，只在后面山上的榆树下挖出些糜子谷子，还有些锅套锅，缸套缸，几匹绸缎。人们先把黄家的土产分了，后来黄家窑洞也分出去了，最后只剩了两孔窑，到“文革”的时候，那最后的两孔窑也全部给拆毁了，全家六七口人都住进了村头堆放草料的窑洞里。黄家大院有大门二门，会客厅，大门上镶有夜明珠，两边有两座小房，门口一堵砖雕的影壁墙，这些都在“文革”中给拆除了。黄家大院的砖雕石雕木雕，据当地人说都非常精美，可惜被彻底毁掉了。墙壁是用羊毛、沙子和了白灰筑成，结实厚重，拆的时候很费了劲。

黄家大院留下的只是些故事和传说，在许多年以后会变得更加扑朔迷离。

黄家大院所在的庞畔村，荒凉颓废，一样看不到儿童和青年人。老乔说，这个村子最年轻的农民也五十多岁了，同样面临着村庄废弃、土地撂荒的危机，因为吃水困难，交通不便，乡上正筹划移民。

无论政策多么宽松，无论怎样倡导让一部分人先富起来，在如今的农村，崛起一户像黄家当初一样的豪门大户是断断不可能了，那不是钱的有无，而是一种文化的终结，一种生活态度的退位。从地主富农斗倒之后，再没有见到过新的地主富农出现，有的只是些毫无品位可言的暴发户们。而暴发户们其中之一的共性是一有钱就会到县城、省城乃至北京、杭州或者上海买房定居。没有人肯像当年的地主那样回到家乡去修建豪宅了，即使修建也只是水泥钢筋塑钢门窗之类。庞畔村和其他村庄一样，年轻一代的农民出去打工了，有能耐的定居到县城不回来了，他们的下一代子女通过读书或者打工做生意也绝不会再回来做农民了。耕读传家不再是农民的向往，归隐林下也不再是仕途的向往。因此许多村庄已经废弃和正在废弃，土地撂

荒废的窑洞

荒和正在撂荒。中国大地上的农业文明已成为过去式。周河乡的一位副乡长说这是没有办法的事情，这样的村庄将来会很多，土地问题还好说，可以用来植树造林。其他问题就不好说了。

驶离庞畔村，在一个平坦而背阴的山峁上，看到一排整齐的新房隆廓。老乔说，这里就是准备给庞畔村移民的地方。这次移民，村民每人要按人头先交三千元，然后按户头再交五千元，每户下来，平均两万元左右。村民竭尽所能掏了腰包，都盼望着早点住进新房，但是据说因为没有挖出水来，暂时停工了。工地上没有施工的痕迹，那些房坯也只是红砖砌了一层薄薄的框架，看上去远没有窑洞结实且挡寒遮热。整齐划一的房子静静地伫立着，一样的规格，一样的走向，一样的面积，一样的尺寸，一样的用材，在这一点上可以说是人人平等了。城市有模式一律的公寓，乡村再来一个模式一律的民宅。没有了

大户人家，家家都差不多一样状况，人口数量一样，经济水准一样，生活状况一样，人与人之间的差别在这些问题的层面上基本消失了。也可以说这是许多人当年的向往和追求：似乎做到了均贫富，等贵贱。

无疑，经济是发展了，人民生活的确提高了，但不能否认的是，我们的建设和建筑抹杀了城市个性，接着会继续抹杀农村的个性，最后彻底抹杀的可能就是人的个性。有伟大的哲学家说过，在人类所有的贫乏中，最可怕的贫乏乃是人的个性的贫乏。如果个性的贫乏成为一种普遍的国民性，那这个民族的发展和走向将不问可知。但这是一个时代形象的真实记录，也是没有办法的一件事情。

残败的黄家大院只是农业文明的一个碎片，它的意义如同城墙上的一片砖或者一块瓦，随着农业文明的衰落，这样的建筑还将继续衰败下去。幸存下来的已经成为历史文化的标本，仅供后人凭吊参观和追思了。那些精湛的建筑工艺，那些曾经走入民间百姓家的砖雕、木雕、石雕、泥塑和油漆绘画，从本质上讲不会再现了。所有现代的古建筑，如果现代书法家们作品一样，没有了古朴、凝重、深沉与细腻。文化在文化口号大行其道的今天已然萎缩和正在萎缩，消失和正在消失。我不相信水泥钢筋的森林里会盛开出艺术的花朵，如果有那也是塑料花，断断不会有鲜活的生命力。

从前的事情渐渐淡出人们的记忆，以后的事情没有谁能说得清楚。唯一能做的就是面对现在——即将成为过去的现在。而现在唯一能做的就是把这一切所见所闻真实地记录下来。

在 2007 年的秋天，我再次来到靖边。办完了正事，在《无定河》编辑部主任小王的陪同下，终于来到了向往已久的毛乌素村。

毛乌素村

一下车，就闻到了一种特殊的清香，那香味淡淡的，不是花香，不是草香，也不是果香，说不出应该归属于哪一种类型，弥漫在透明清新的空气中，逗引得我不由得要去深深地嗅来。小王说是庄稼的秸秆经了雨水后的味道。

清晨的阳光清冽地照耀在静谧的黄土地上，秋色正浓。毛头柳的树叶已然稀疏轻薄，浓一绺淡一绺地亦黄亦绿。村口的杨树叶子在阳光下展示着灿烂，单那黄色的纯粹就足以使人倾倒。地上到处都是厚厚的落叶，踩上去发出柔和的沙沙声。淡蓝色的天上浮动着一团团的白云，正是“碧云天，黄叶地”的季节。在这样的季节品味陕北，深切体味到了范仲淹词中的描写。

在一户人家的门前，看到了一个巨大的用柳条扎成的圆形篱笆筐，囤了满满当当金黄色的玉米棒子。地上散放着一堆紫红色的玉米，颗粒饱满，紫玛瑙似的发着晶莹剔透的光泽，和上面金黄色的玉米形成了鲜明的色彩对比。土坯墙后面伸出繁密的海红果，也是紫红色的。海红果树叶已经枯萎，但那果实密匝匝地还在树上挂着。看着那些可爱的果子，不由得咽起了口水，这种小果子以前在山西忻州下乡的时候吃过，味道酸甜可口，很好吃。我高兴地喊了一声，连忙举起相机连连按着快门。

院子里铺着一张席子，席子角上压着石块，农民正准备往上面晾晒粮食。几只花团锦簇的土鸡在地边上悠闲地觅食。

院子门口，一只拴在木桩上的苍灰色大狗，对着我们狂吠起来。

篱笆墙后的几棵梨树，叶片十分茂密，在温和的秋日下，瑟瑟地闪耀着美丽的色彩，那色彩由翠黄渐变为丹红，把毛乌素村的秋天点缀得色彩绚烂，富丽堂皇。

在杨树和梨树的缤纷色彩中，我跟着小王走进了毛乌素村的田野。

毛乌素村围在四面沙山中。沙山矮矮的圈成了一个圆，堡垒似的，成为毛乌素村一道挡风挡寒的屏障。走出树木掩映着村落，是一片肥沃而平阔的农田。田地里的庄稼都已收割完毕，掰下的玉米棒子一堆堆摊在那里，为裸露的黄土地涂抹了一层黄灿灿的亮色。

一排整齐的毛头柳沿渠沟排列，一路向前延伸着。小王指着沟渠里流淌着的潺潺溪水说，这就是毛乌素村的“自来水”。这水从金鸡沙山下渗出来，富含各种矿物质，源源不断地长年

流淌在这片土地上，非常纯净。可以直接饮用。毛乌素村民大都长寿，七八十岁的老人都牙齿雪白，和吃水有着很大的关系。这片水到每年的夏天就会大起来，形成一片湖泊，成为村童嬉戏玩闹的场所。地是湿地，再旱的天也能长起茂盛的庄稼，因此年年都是丰产。毛乌素生长的大蒜品质十分好，是当地的特产，享誉周边，远近闻名。

在田野上走了大半天，看不到一个人影，静谧中只有婉转的各类鸟鸣清越地回荡在天空，衬托着秋日原野的恬淡与宁静。转过水渠，空旷的田野间，背景是由绿转黄的毛头柳，前景是一片翠绿的蔬菜，远远地只有一头毛驴低着头吃草。那景象美得令人无法形容，仿佛是一个不真实的梦，一个人间童话，一首无韵之诗。不是亲眼所见，绝对不相信陕北会有如此色彩绚丽、充满诗意的地方。

在泉水渗出的源头，水面上长着些绿藻，水中的小鱼活泼地游动着，水边上的泥潭里斑斑点点有许多泥螺。一个约莫六十岁左右的农民看见了小王和他攀谈了起来。说，你是谁谁家的什么什么，哦，想起来了。扭过头来对我说，我们这里什么都有啊，水里鱼也长，虾也长，土鳖也长。靖边的土语不是很难懂，一边走，老乡和小王一边拉呱，说，那娃小的时候，拖着一挂鼻涕，不起眼的很，谁知道后来还真混成了人样……拉话拉得高兴了，就唱起了自己编的歌曲："一道沙河水，一座金鸡山，毛乌素就在山下边……"用的是学大寨时期"一道清河水，一座虎头山，大寨就在那个山下边"的老调调。我请老乡唱一个信天游，老乡又扯起了嗓子，唱了几句，有些走腔凉调，但很有味道。老乡说我们这里好得很，周围的沙墙都是我们自己开出来固定住的。

来到了沙山脚下，看到了如同城墙一样的沙子，被修理成了切面壮，告别了老乡，我随小王走上了沙山。看到一丛一片的沙柳蓬成毛团似的，叶子全部落尽了，但那红色的枝干还透着生机。毛乌素村气候湿润，一年四季除了春天有沙尘刮过，其他季节几乎都是风和日丽。沙子在毛乌素村民的眼里是丰富多彩的，实用的，供儿童玩耍撒欢的，沙子里生长的沙蒿、沙柳、沙打旺等，不仅可以取暖做饭，沙蒿籽还可以参在豆面里，吃起来别有风味。沙打旺盛开的花是淡紫色的，非常美丽。衣服脏了在沙子里滚滚就干净了。黄沙，不总是狰狞的，也有温柔多情一面。

极目远眺，但见毛乌素村掩映在秋日的林木间，隐隐约约若有若无，空旷的田野间，绿色的蔬菜和燕麦衬托着一捆捆的玉米秸秆，两个农民正在田里做着农活，人、农田、黄白相间的萧瑟树木，偶或滑翔而过的喜鹊，悠闲自得的毛驴，天空布满白云的蓝色，蔬菜和燕麦的绿色，土地与玉米秸秆的黄色，清新透明的空气里那阳光反射出的明净溪流，构成了一幅天然的油画，这幅油画如果要命名，应该称作《毛乌素村的田园秋色》。

天空，风把云团一点点撕开来，仿佛是从线团里往外抽线一样，变成了一条一缕，秋风拂过，带着醉人的泥土芬芳，谷草的芬芳，清新爽朗，安宁自得。感受到一种久违的气定神闲和难以言表的愉悦，那份愉悦是这片净土的美丽宁静在心头的折射，是疲倦的心灵对亲近大自然的渴求，是从喧嚣嘈杂的万丈红尘中走进静谧安详的快乐，是一首秋日演奏的田园奏鸣曲在心灵深处的回荡……

中午回到村里，小王的亲戚准备了我点名要吃的土豆稀饭，土豆在本地叫洋芋。沙地里种出的土豆格外沙面，蒸熟后的土豆皮崩了许多的口子，露出雪白的瓤子，在热气腾腾的蒸锅里如花朵一般好看。

吃了几个土豆，就着酸菜喝了半碗稀饭，中午饭就算吃过了。而且吃得很饱。小王的妻家姥姥七十多岁了，面皮依然细嫩白皙，身体健康硬朗。放下碗和老人说了几句家长里短的话，去到院子里随便转悠，偶然看见了院落侧面的另一道风景，一树秋风在梨树的树叶间舞动着火一样的丹红色，在阳光下格外妖娆明艳。几只巨大的树根随意的摆放在墙边，一座小山似的柴火垛高高码在那里，周围是两棵明黄色的杨树，杨树叶子的灿黄和梨树的叶子的丹红和谐地交相辉映着，一派磊落坦荡、自然而然的美不胜收。铺满厚厚黄叶的地上掉着几只完好的果子，树上还零星挂着红透的苹果，我摘下来吃了一个，果肉很面，但很甜。一排废弃的窑洞，和周边的秋色融在了一起，浑然天成为一幅富有陕北特色的水粉。我站在那里久久的用心感受着，深深地呼吸着，一时间竟生出如醉如痴的感觉。

要走了，小王的姥姥给我们每人准备了一袋子海红果。另外带了些苹果、梨给城里的外孙女。小王告诉我说，村里的水果多得吃不了，又懒得出去卖，就都喂了牛羊。我听了有些惊诧，牲口吃的是水果，感觉这才是真正的奢侈。而现代的都市人，有几个能享受到这样诗意的栖居，这样的宁静和安详，这样清新芬芳的空气，这样明媚柔和的阳光，这样纯净的富含矿物质的水、无公害的绿色蔬菜、粮食以及日出而作日落而息的优游自在？又有多少人能拥有这般美丽的景色，拥有和大自然一年四季朝夕相处的惬意与随意？

走出毛乌素村，小王告诉我说，这片土地已经被规划进工业园区，很快就会被推掉了。我听了心头闪过一阵疼痛和痉挛，为这美丽的田园。在荒凉的陕北，这样的美景上天的杰作，是大自然的杰作，一旦破坏绝不可能再生。工业园区可以有很多，但这样美丽的村庄只有一个。

一条小溪，把一个村子劈成了南北两半。溪东叫九峰村，溪西叫宫里村，宫里村也叫洞霄宫村，因宋代道教三十六洞天七十二福地之一的洞霄宫所在而得名。

洞霄宫村

2005年，在江南工作期间，造访过一个名叫洞霄宫的村庄。

正值江南溽热的夏季。天，阴沉沉的，欲雨不雨。走进群山葱茏的绿色中，心灵顿时有了活泼的生机，想说想笑想歌起来。

随行的是杭州商学院的老师和研究生们，一行数十人，受一家投资公司的委托来搞资调，我被指定为带队并协助工作。

石头铺成的宋代御道，记载着历史的风雨沧桑，但有一大半已被尘土覆盖。做向导的老乡姓严，一边走一边指点着说，这块石头是宋代皇帝的上马石，那是一棵三百年的青檀，这里是原来旧宫门的遗址……

被惊动了的狗们，从各自的院子跑了出来，对着来人高一声低一声地狂吠着。

上了年纪的农妇正在溪涧的水中浣衣，旁边用来搓衣服的石板，竟是一块清末的古墓碑，上面的字迹清晰可见。

一只黑白相间的花猫耷拉着眼睛懒洋洋地倚卧在水桶边，不远处瘦削的苍狗正在地上舔食着什么，几颗被鸡们啄空了南瓜壳，随意扔在一边。路边潺湲的溪水，发出柔和悦耳的叮咚声，躲在桥下纳凉的鸭子们，受到脚步的惊吓，扑扑隆隆叽呱着跑开来。被竹林掩映着的小路两旁，浓一笔淡一笔横着些稀稀拉拉的竹篱笆，篱笆墙里漫不经心地种着豇豆、丝瓜等蔬菜，那灿黄的丝瓜花娇鲜欲滴，随意地开放在院落墙角、地间田头，和青翠的竹林形成了色彩上的强烈对比。

追忆少年时，曾手捧一卷《宋词选》爱不释手，其中一首“长忆观潮，满郭人争江上望。来疑沧海尽成空，万面鼓声中。

弄潮儿向涛头立，手把红旗旗不湿。别来几向梦中看，梦觉尚心寒”至今不忘。这首《酒泉子》的作者潘阆就葬在这片翠绿的山中。他的墓碑给当地的一户农民砌在了灶台上，近年才被人发现。潘阆，字逍遥，北宋文坛的奇才。为人狂逸，放浪形骸，曾出任滁州（今安徽滁州）参军。常与寇准、王禹偁、林逋等人交游唱和。王禹偁有一首名为《寄潘阆处士》的诗可以作证，曰：“烂醉狂歌出上都，秋风时节忆鲈鱼。江城卖药长将鹤，古寺看碑不下驴。一片野心云出岫，几茎银发雪侵梳。算应冷笑文场客，岁岁求人荐子虚。”下笔狂放潇洒，毫无矫饰之态。潘逍遥死在泗州后，洞霄宫的冯道士不远千里，“囊其骨归吴中，葬于洞霄宫之右。”古人义薄云天的友情，随同古文化一同被埋进历史的长河了。

“翠蛟亭”是进山后的第一处景观。借用苏东坡“庭下流泉翠蛟舞”之句而成，为南宋高宗皇亲自书匾赐名。现在的亭是新建的，亭下的桥身却是旧物，具有极高的文物价值。瘦细的泉水已经没有了当初“汹涌若雷，变化飞舞”的态势，据老百姓说，山中开山采石后，那泉水的流势就大大减小了。

过翠蛟亭，一条路蜿蜒前伸，路边青竹叠翠中有一个坟然隆起的大山包，正是宋代抗金名相李纲的墓葬（一说是李纲死后葬于福州怀安桐口大家山）。李纲为相，宋朝国力为之一振。由于主张北伐坚决反对迁都江南，触犯了一心偏安的宋高宗，在相位七十七天就被免职。终年五十七岁。李纲不仅是南宋名相，也是著名的诗人。他有《念奴娇》：“……误缚簪缨遭世故，空有当时胸臆。……云山深处，这回真是休息。”

有谁能说得清楚，李纲的“这回是真休息”，有多少无奈、惆怅、愤懑和痛苦。

抚今感惜，最容易让人生出大寂寞、大孤独和大悲凉。

群山拥抱着的盆地间，原旅游公司修建了一半的汉宫坛掩没在萋萋荒草中，到处堆放着汉白玉的龙头、栏杆和其他建筑用材。如莲花瓣一样散开着的九锁山峰，层层叠叠地展示着郁郁葱葱的绿，绿得令人心醉，绿得令人心痒。九锁山分别称为：天关、藏云、飞鸾、凌虚、通真、龙吟、洞微、云嗽、朝元。因峰峰连锁，故名九锁。

过汉宫坛，一条地老天荒的小径，延山势蜿蜒而上，通往天柱山。

山不高，只有三百多米，四面陡绝，中突一峰，耸翠参天。史料载：“上乘天维，下含洞府，兴云雨而润万物也，气淳而静美。”诚哉斯言。

山中，灌木纵横，古树参天，充满荒蛮、苍凉的原始情趣。小径越走越陡峭，雨后的地面上生出些薄薄的青苔，踩上去很滑。十七号台风刚过，有几棵古树和竹子被刮得横倒在路上，老严挥舞着柴刀奋力砍伐着挡道的林木，颇有些披荆斩棘的味道。

走走歇歇，来到山顶。山上的天柱阁也是一个半拉子工程。沿粗糙的水泥台阶爬到最高处，极目远眺，但见九锁外键，一柱中擎，抱谷掩境，稳气藏风，果然是夺天地造化的好去处。可惜极目处，四周多有被破坏的山体裸露出黄褐色的沙石，如同优美的旋律中跳出的不和谐音符，大煞风景。据史料记载，这座荒凉寂寞的洞霄宫，在南宋时期的辉煌和繁华，曾达到登峰造极，成为天下道观之最，是中国上流社会名人仕宦出没的地方。一度“宫观云集，牌坊林立，殿堂成群，广厦连绵千间，亭楼漫山遍野。”当年宫观周围，“林深树密，涧水罗织”。曾经“琳宫深掩翠云堆，岩前车马日幢幢”，被时人称为“山中神仙府，人间宰相家。”这些斑斑点点的历史遗迹，掩埋在荒草榛莽之中，散发着浮华散尽月色凉的悲哀，让人对“不朽”是否存在产生出深刻的怀疑。这个世界原本是无可执着的呀，曾经存在过的已经消失，尚且存在的注定要消失，这就是佛家无所不在无所不包的“色空”说。以为刻在石碑上就能成为“不朽”，留驻永恒，是多么值得同情的枉费心机。具有两千年历史的洞霄宫，历朝历代的碑铭何其多也，而今都被岁月河流冲刷得不知所终了。

天若有若无地飘起了雨丝。

在老严的带领下，我们走上通往大涤山的另一条小路。这条小路较之上山的那条更加难行，仿佛置身在了盘古开天地的史前，依稀可辨的路径隐在榛莽丛中，形成既窄且矮的拱形廊蓬，人只有躬了身子在其间穿行。脚下的野草，时不时有馥郁的清香袭来，深深地嗅一口，那芬芳便沁入心脾，令人生出微醺薄醉的感觉，一瞬间感悟出古人为何要用“芳草”来比喻君子。品格清正，至诚至善，不正是这样一种芳香的气味吗？高大的乔木被藤萝缠绕着，树枝上垂挂着些不知名的大豆角，那豆子从壳里剥落出来，雪白晶莹，呈扁圆形，比雀蛋还大。长满青苔的苍凉石壁，释放着岁月悠悠的千古风情。野生的胡桃不时掉落下来，被学院的研究生们捡起来当作稀罕物收藏了。灌木密匝匝地覆盖着山道，一路上需要小心地躲避藤条的纠缠，稍一不慎衣服就会挂在长满尖刺的荆棘上，只好停了脚步耐着性子一点点摘下来。陡峭的路面越来越滑，不断有人在摔跤，就连领路的老严都摔倒了。随处可见从地缝中涌出的汩汩泉水，带着丝丝的凉气，漫过路面，在沟边随意地形成一泓泓的山涧。

大涤山位于洞霄宫北，明万历年《杭州府志》载：“此山清净，大可洗涤尘心，故名。”大涤山下就是著名的大涤洞，洞口上方原有“大涤洞”三个大字，出于宋人手笔，极具文物价值，前不久被原开发公司老总铲除了，换成自己写的三个字，此举一时流为笑谈，据说因此受到当局的通报批评。

大涤洞被称为“日月分精”，洞口缭绕着氤氲的冷气。走近可闻流水潺潺，却深不见底。两千年前，汉武帝刘彻曾派人往大涤洞中投递龙简以祈福祉。旧汉宫坛遗址就在大涤洞前，而今也只剩芳草萋萋了。

洞霄宫因受历代帝王的推崇，文人墨客、各界名流曾纷至沓来。除历代帝王和名道士外，在洞霄宫的史料中，随处可见有伟大的诗人李白、孟浩然、陆游、苏东坡、范成大，书法家赵孟頫、米芾，伦理学家朱熹……中国历史上一大批光彩夺目的名字，都曾和洞霄宫有过不解之缘。单宋代退位的宰相，先后就有三十多人提举洞霄宫。因此也可以说，这里曾是接纳高层失意官员的所在。

大涤山的对面是青檀山，朱熹学堂遗址就在青檀山下两棵大树旁。青檀山上的涌翠石壁，壁面呈褐灰色，宛如镂刻，波纹层次分明，恰似钱江潮的壁画，气势恢弘。古人对此有“素屏三十丈，画手谁与同”的感慨。当年苏东坡在此葛巾藜杖，赋诗酬唱，“凿道于岩间”，成十五级“苏公古阶”，至今遗迹尚存。涌翠石壁的对面，是一片石林，有着栩栩如生的各类天然石兽。最为奇特的要数菊岩，岩面四裂，呈辐射状纹沟，形状似秋菊绽放，因此得名。

“疏影横斜水清浅，暗香浮动月黄昏。”这首妇孺皆知的诗作者就是北宋著名的隐逸诗人林逋，林逋字和靖，一生未娶，以梅为妻以鹤为子，人称“妻梅子鹤”，当年曾在杭州孤山隐居，酷爱梅花，故写出了咏梅的千古绝句。林和靖有咏《洞霄宫》诗云：

大涤山相向，

华阳路暗通。

风霜唐碣人，
草木汉祠空。
剑石苔花碧，
丹池水气红。
幽人天柱侧，
茅屋洒松风。

苏东坡有咏洞霄宫诗云：

前生我已到杭州，
到处长如忆旧游。
更欲洞霄为隐吏，
一庵闲地且相留。

苏东坡确信相信自己前生曾住在杭州。关于这一点，他同代人的笔记里也有记载。林语堂撰写的《苏东坡传》说，有一天苏东坡去游寿星院，一进门，便觉所见景物十分熟悉，他告诉同游者走九十二级便到向忏堂，他把寺院后面的建筑、庭院、树木、山石，向同行人描述，结果证明他所言不误。所以他在诗中说“前生我已到杭州”，所到之处如同故地重游。或许我们果真有着前生来世，也未可知。

看过了东晋葛洪炼丹用过的水井以及炼丹炉所在处的残垣断壁，来到白云观遗址前，走入一户农家院落歇脚。农妇上了年纪，白发苍苍，满脸皱折，却精神矍铄。一口大铁锅里正煮着新掰来的嫩玉米，热气腾腾，冒出清甜的香气。简陋的房子里，堆放着大大小小的老南瓜，墙上挂着些畚箕、箩筐等农家用具。坐在门口向外观望，见不远处的竹林里冒起了袅袅炊烟，在风中悠然飘忽着；间或有鸡鸣狗吠声隐隐传来；知了在树上尽情地唱着，时缓时急；院中一口古老的水井，昭示着千百年来凿井而饮耕地而食的生存方式，怡然自适，恬静淡泊……

当地农家，普遍用一种野生的植物来泡制凉茶消夏解暑。那种植物名叫“六月霜”，六月飞霜，听着就有清凉从心底涌出。“六月霜”喝起来有点淡淡的微苦和清香。午饭是富有当地特色的农家饭菜，真正意义上的土鸡、土鸭、土猪，新鲜的各色野菜时蔬，别有一番风味。

饭后，我站在枣树下摘了几枚半青的脆枣磨牙。派来协助我资调的年轻同事小沈坐在房檐下，望着远山竹林的翠绿和院子里灿黄的丝瓜花，情不自禁地感慨起来，随口吟道：“远看翠竹绿，近观丝瓜黄”，暗合了“眼前景物口头语”的诗家真谛，信手拈来，自然贴切。只这么两句，小沈完全可以称得上是诗人了。愤怒出诗人，美景也出诗人。

资调结束了，但那山，那泉，那竹林，那漫山遍野的绿，那灿黄的丝瓜花，那和睦相处的猫儿狗儿们以及残碑古井、老妪衰翁、苏公阶、菊花岩，已经深深地刻进了我的记忆。

后记

寻找失落的家园

我出生在上党郡襄垣县，童年却是在吕梁黄河边的山村里度过，对于乡村的记忆是我一生抹不掉的乡思、乡恋、乡愁。黄河边的枣林、高低错落的窑洞、水井边的青草、老槐树上的喜鹊窝、土坯墙垣下的蚂蚁洞，还有春耕夏种的繁忙，四时八节的讲究，赶庙会、唱大戏种种，都是滋养我心灵的甘泉。正是这股甘泉培育了我热爱文学艺术、热爱大自然的性情，伴随我风风雨雨中走过了春夏秋冬。

农村之于我是无韵之诗，是无言之歌，是我永远的精神家园。但似乎突然间，在某年某月的某一刻，一个“空壳村”的词汇出现了，自此才知道，我深爱着的乡村，萧条了，衰败了，没有人烟了，农村的画面中失去了记忆中的元素。所到之处，多是苍凉破败的景象和大片撂荒的土地，广袤的田间半天见不到一个人影。我曾问当地一位副乡长，他说，直接原因是一户就一两个孩子，生源越来越少，学校都合并了。孩子太小，需要大人照顾，父母们都跟着出去了。一家三口在外面租间房子，女人给孩子做饭，男人打工挣钱养家，时间一长就不回来了。农村的女子如今都想嫁到城里去，男青年娶不到媳妇，也都走了，农村渐渐就只剩下了老弱病残。

采访中，这些隐藏在农村民居建筑里的历史文化又让我那样着迷、震撼。让我着迷和震撼的不仅仅是年代久远的民居建筑，还有农村的民俗以及诗意栖居的环境和恬淡的生活方式。其价值是线装孤本，是无韵之诗，是立体的历史，是中国传统文化骨骼的要素，是民族文化之根本所在。毫无疑问，它们一旦毁掉绝不会再现，却又注定了必将随着古村落的消亡而消亡，因此抓紧时间做一些记录留此存照，成了自己给自己强加的一种责任。

古老的自然村大多有着百年以上的历史，那些遗留在残垣颓壁间的文明碎片，昭示和见证了农村曾经有过的繁荣昌盛。农村的民居建筑不仅仅记载着农民曾经的生存状态，也记录了中国传统的思想文化，这一点在各种风格的砖雕石雕木雕中处处可以体现出来。掩没在荒草杂树之下的，是千百年来生长传统文化的肥沃土壤。农村曾经的辉煌，告诉了我们中国农民有过的精致生活和高度的自治能力。

过去的士大夫们，致仕后讲究落叶归根，农村因此得以繁荣昌盛，农民因此受到儒家文化浸染。晋城的代表村落有田逢吉田阁老的高平良户盘龙寨，有明朝吏部尚书刘东星的故居沁水坪上村，有明朝兵部尚书张五典的故居沁水窦庄，有明朝户部尚书王国光的故居阳城上庄，有清朝著名数学家张敦仁的故居阳城砥洎城，还有南明礼部尚书张慎言的故居阳城屯城村以及清康熙帝师陈廷敬的老家阳城皇城村……这些闪烁着历史光辉的人名和村庄，过去、现在、未来都是乡人的骄傲。

在乡村的民居建筑中，有美学，有历史，有诗词歌赋，有道德思想，有人生态度，有前人的社会价值观，还有那种被我们称之为“意思”的东西。平日经常听人说如今的生活什么都不缺，就是没“意思”。说穿了，所以感觉“没意思”，归到根本上，就是因为丢失了民族传统“文化”的精髓……

农村是和大自然高度和谐的生存方式，是“暧暧远人村，依依墟里烟”的恬淡，是“梅子金黄杏子肥，麦花雪白菜花稀”的诗意，是“儿童相见不相识，笑问客从何处来”的淳朴，是“篱落疏疏一径深，树头花落未成荫。儿童急走追黄蝶，飞入菜花无处寻”的生动。正是农村的田园风情孕育了中国的山水画和经典的田园诗。农村是国人共同的家园，是中华民族传统文化的根脉所在。抛弃农村，毁灭古村落，意味着我们民族的传统文化将被连根拔起。

想起了艾青的一句诗：“为什么我的眼里饱含眼泪，因为我对这片土地爱得深沉……”

匆匆走进一个村庄，又默默离开。进的时候，没有狗吠；走的时候，没有人声：迎来送往的，只有破败屋顶上那一簇簇青碧的瓦楞草在风中摇曳……

孙喜玲

2016年5月